身代わり伯爵令嬢だけれど、婚約者代理はご勘弁！　1

登場人物紹介
デュワリエ公爵
国王陛下の右腕とも呼べる役職に就いている若き公爵。見目麗しい外見ではあるが、性格は苛烈。王宮内では"暴風雪閣下"とも呼ばれている。
アナベル
アメルン伯爵令嬢。社交界に飽きているため、入れ替わることでミラベルに任せている。貴族らしい高慢な態度が目立つ。
ミラベル
アメルン伯爵家の分家に生まれた貴族令嬢。従姉のアナベルと瓜二つの姿をしており、それを利用して入れ替わり、社交界を楽しんでいる。

ベルトルト
いつもおっとりしているミラベルの兄。家の跡を継ぐため、家業でもある王宮の馬番をしている。
シビル
アナベルの侍女。ミラベルとアナベルが入れ替わりをしていることを知っている一人。
フロランス
ミラベルが初めて出席した社交界でできた友達。可憐な見た目をしているが、体が弱く病気がち。

目次

プロローグ

私の名は、ミラベル・ド・モンテスパン。アメルン伯爵《はくしゃく》家令嬢だ。

アメルン伯爵令嬢ではない。アメルン伯爵〝家〟令嬢である。

つまり、私の家は、アメルン伯爵家の分家というわけだ。

父と伯父《おじ》は双子の兄弟で、伯爵家は伯父が継いでいる。父は生まれたのがあとだったばかりに、爵位も、財産も、伯父のものとなってしまった。

私だってそうだ。伯爵家令嬢なばかりに、従姉《いとこ》である伯爵令嬢のアナベルとは、扱いが天と地ほども違う。

アナベルは社交界の華として、もてはやされる。長い歴史があるアメルン伯爵家は、進んで縁を結びたい名家だからだ。

伯爵令嬢であるアナベルは、どこに行っても中心的存在であった。

一方で、伯爵家令嬢である私は、いつもいつでも壁の花である。

名家であれど、分家と結婚しても旨《うま》みは少ないから。

私はいつもパーティー会場の壁際《ぎわ》で、アナベルを見つめていた。

アナベルはいつだって流行の先端のドレスをまとい、私が大ファンである宝飾品ブランド〝エール〟の新作首飾りを胸元で輝かせ、大勢の人達に囲まれている。

私はといえば、年に一度買ってもらえるドレスを、リボンを換え、フリルを付け足し、レースを加えてと、改造しまくりの状態で参加している。当然、〝エール〟の新作なんて、買ってもらえない。

同じアメルン伯爵家の生まれなのに、どうしてこうも違うのか。正直、羨《うらや》ましいと思ってしまう。

そんな思いをアナベルに伝えたところ、彼女はとんでもないことを言った。

「社交なんて、面倒だわ。ミラベル。あなたが、わたくしの代わりにドレスを着て、お茶会やパーティーに行ってくれない？」

いやいや、アナベルの代わりなんて、務まるわけがない。なんて、一度は否定したが、アナベルは本気だった。

私達は従姉妹同士で、双子ではないのに、見た目に身長、体重、スタイル、髪質に至るまでそっくりなのだ。

昔から、服を入れ替えて大人達を騙《だま》す遊びをしていた。

今も、アナベルがしている化粧を施《ほどこ》したら、同じ顔になる。

というのも、私の両親とアナベルの両親は共に二組の一卵性双生児。奇跡的な出会いにより、姉は兄と、妹は弟と結婚した。つまり、私とアナベルの遺伝子はほとんど同じ。異なる点は、性格と取り巻く環境くらいか。

「アナベルの身代わりだなんて、無理に決まっている」

ぼやく私に、アナベルは悪魔の微笑《ほほえ》みを浮かべながら言った。

「ミラベルは、夜会を楽しみたいのでしょう？　わたくしは、家でゆっくりしたいわ。大丈夫《だいじょうぶ》、ばれないわよ」

それは、大変魅力的な言葉に聞こえた。

「おいしいお菓子と、香り高いお茶を、わたくしの代わりに楽しむだけ。そうでしょう、ミラベル？」

アナベルが言うおいしいお菓子と、香り高いお茶。それは、私が大好きなものである。しかし、人を騙すのはよくない。私達はもう、社交界デビューをした大人なのだ。

「わたくし、もう本当に疲れているの。これは、人助けなのよ？」

「ひ、人助け⁉」

「適当ににこにこして、相づちを打って、お茶を飲むだけの、簡単なお仕事」

「ううっ……！」

「ミラベル、わたくしを、助けなさい」

「わ、わかった！」

というわけで、私はアナベルの身代わり業を始めることとなったのだ。

このときの私は、それがとんでもない事態を巻き起こすとは、一ミリも考えておらず。

アナベルの恰好《かっこう》をしては社交場に顔を出し、人気のお菓子を食べまくる楽しい楽しい毎日を送っていたのだった。

第一話目だけれど、いきなりボス戦です

「──ちょっと、お待ちなさい！　わたくしを無視するなんて、いい度胸《どきょう》ね！」

吹き抜けの廊下に、凛《りん》と鋭い声が響き渡る。

驚くなかれ。これは、間違いなく私の声だ。

引き留めたのは、廊下を闊歩《かっぽ》する──銀髪にアメシストの瞳《ひとみ》を持つ、見目麗《みめうるわ》しい男性である。

年頃は二十歳《はたち》過ぎくらいか。社交界で話題を独占するほどの美貌《びぼう》だという。そのへんは個人的にいまいちピンときていないが。好みの問題なのだろう。

そんな彼は私の声を聞いてピタリと立ち止まり、振り返って睨《にら》みつけた。

視線だけで人を殺せそうな、鋭い眼差《まなざ》しだ。目と目が合った瞬間、全身に鳥肌が立つ。

さすが、〝暴風雪閣下《ぼうふうせつかっか》〟と呼ばれるだけある。

言葉を発さずとも、「なんだ、この、愚民《ぐみん》その一が！」と聞こえてきそうな冷え切った目つきであった。

くじけそうになる気持ちにぎゅっと蓋《ふた》をして、百年先まで度胸を前借りし、声をかけた。

「もしかして、わたくしの美しさに、言葉を失っているのかしら？」

ここで、自慢の縦ロールを手で優雅に払うのを忘れない。

見事に巻かれた縦ロールは空中で一回転し、振り子のように元の位置へと戻ってきた。

視界の端《はし》で、縦ロールがボヨンボヨンと愉快に動いていて笑いそうになったが、ぐっと奥歯を噛《か》みしめる。

今、絶対に笑ってはいけない状況なのだ。戦いの場なのである。

〝暴風雪閣下〟はこの冬一番の冷え込みを誘う、特大の雹《ひょう》を暴風に含ませているような気がした。それほどの、冷え切った目で私を見ている。

心の中で、自分に言い聞かせるように唱える。

――わたくしは、我《わ》が儘《まま》と高慢の権化《ごんげ》アナベル・ド・モンテスパン。泣く子も黙る、アナベル・ド・モンテスパン。お山の大将、アナベル・ド・モンテスパン。身内も恐れる暴君、アナベル・ド・モンテスパン。

そう言い聞かせるが、なかなかアナベルになりきるのは難しい。育った環境が違うからだ。

アナベルの父親は歴史あるアメルン伯爵家の当主で、国王陛下の側近のひとりである。そのため、縁を結びたい人が大勢いる。

娘であるアナベルのご機嫌取りをして、なんとか近づこうとしている者が大勢いるのだ。

一方で、伯爵家の一員であるだけの父の仕事は、国王陛下のお馬番である。美しい白馬と、キャッキャウフフと過ごすだけの、簡単なお仕事だ。母も馬好きなので、意気投合して結婚した。

一年中馬の遠乗りデートをするほど、仲がいい夫婦なのだ。

ちなみに、私の三つ年上の兄も、王太子殿下のお馬番を務めている。私以外、皆、馬が大好きなのだ。

……私の家族の話はいいとして。

アナベルは周囲のチヤホヤに飽《あ》きていて、お茶会の参加すら面倒くさがっていた。一方私は、お茶会なんてめったに誘われない。羨ましいと呟《つぶや》いたときに、アナベルが「だったらあなたが、わたくしの振りをして行けばいいじゃない」と言ったのだ。

お言葉に甘えて、私はお茶会に参加した。アナベルの振りをしながら。

そこで、私は快感を覚えてしまう。人々がアナベルの機嫌《きげん》を窺《うかが》い、傅《かしず》くという状態に。

私は見事、アナベルを演じきった。驚くべきことに、バレなかったのだ。

どうやら私には、アナベルの真似《まね》をする才能があったようだ。

そんなわけで、私とアナベルはちょこちょこ入れ替わっていた。

アナベルは面倒な社交をサボれるし、私はアナベルの振りをして我が儘放題ふるまえる。

当時は気付いていなかったが、どうやら私は他人にチヤホヤされるのが、大好きだったようだ。

だから、喜んでアナベルの代わりをしていた。

おいしいお菓子が食べられるし、面白《おもしろ》い噂話《うわさばなし》が聞けるし。

とにかく、私にとって社交界は娯楽《ごらく》だったのだ。

私とアナベルの入れ替わりは、一度もバレたことはない。頻度《ひんど》は月に一度か二度で、短時間の催《もよお》しに限っていたからだろうが。

ふたりが共通で暗記している社交帳も、とうとう十冊目を迎えていた。

そんな中で、アナベルは衝撃《しょうげき》的な決定を告げる。なんと、婚約者が決まったと。相手はあの、〝暴風雪閣下〟と名高い、デュワリエ公爵《こうしゃく》ヴァンサン・ド・ボードリアールだという。

彼は十五歳のときに爵位を継いだ若き公爵で、国王陛下の右腕とも呼べる役職に就《つ》いている。国王陛下相手でも、暴風雪のような睨みを利かし、仕事を進行させることから、そのように呼ばれるようになったのだとか。

見目麗しい外見であるが、性格は苛烈《かれつ》そのもの。自分に厳しく、他人にも厳しい性格のようだ。

デュワリエ公爵は二十二歳、アナベルは十八歳となり、共に結婚適齢期である。婚約期間を一年おき、結婚しようという話が急浮上したらしい。

伯父はとんでもない良縁を勝ち取ってきたなと思っていたが、婚約は先代同士が決めたもののようだ。なんでも、若き先代デュワリエ公爵が、先代アメルン伯爵にチェスで負けた際、子ども同士を結婚させる、という約束を交わしていたのだとか。

その子どもが、アナベルとデュワリエ公爵だった。

アナベルはこの話を最近聞かされたようで、あり得ないと激昂《げっこう》していた。というのも、数日前、アナベルは夜会でデュワリエ公爵に話しかけようとしたらしい。しかし、デュワリエ公爵はアナベルを気にも留めずに、スタスタと歩いて行ってしまったのだとか。

彼女は叫んだ。こんな失礼な男との結婚なんて、まっぴらごめんだと！

それに、少しだけ恥《は》じらいながら、好きな人がいると呟いていた。

あの、愛すべき暴君アナベル様が恋をしていたなんて……。

好きな人がいるのに、気に食わない男と結婚しなければならない。貴族女性って大変だなと、しみじみ思っていた。いや、私も貴族女性にカテゴリされるのだろうけれど。

兄の結婚相手すら決まっていないので、結婚をどこか他人事《ひとごと》のように思っているのだ。

そんなことよりも、私には気になっているものがあった。アナベルの胸で輝く、ジュエリーブランド〝エール〟の最新のネックレスである。

喉《のど》から手が出るほど欲しい一品で、父にどれだけねだっても、買ってもらえなかった品だ。夢の中にまで、ネックレスが出てくるほどだった。

お馬番の父は、高給取りではない。それに、母に馬をプレゼントしたばかりだったので、私のネックレスを買う余裕《よゆう》なんてなかったのだ。

いつもいつでも、私が欲しいものを、アナベルはあっさり手に入れてしまう。私はいつものように、アナベルを「いいなー」と羨ましがっていた。

すると、アナベルが「あげましょうか？」と言ってくる。飛び上がるほど喜んだが、もちろん無《タ》償《ダ》ではないとわかっていた。

何と引き換えにと尋ねると、アナベルは悪魔のようにあくどい微笑みを浮かべながら言った。

デュワリエ公爵の代理の婚約者になって、と。しかも、ただ代理婚約者をするだけではない。

デュワリエ公爵をメロメロにしてほしいと頼まれる。

どうしてメロメロにする必要があるのか。問いかけたら、アナベルは一枚の古びた書類を取り出した。それは、先代のデュワリエ公爵と先代のアメルン伯爵が結んだ、子どもの婚約を約束するものだった。

アナベルは世にも恐ろしい復讐《ふくしゅう》劇を語る。

デュワリエ公爵をメロメロにした状態で、この契約書を破って婚約破棄《はき》する。愕然《がくぜん》とするデュワリエ公爵の顔を見たい、と。

私が婚約期間中にアナベルの振りをしてデュワリエ公爵をメロメロにし、アナベルが契約書を目の前で破って婚約破棄をしたいようだ。

しかし、公爵家との結婚は、またとない良縁だ。破棄してしまっていいのか。問いかけると、アナベルは問題ないと答える。

どうやら、公爵家に嫁《とつ》ぐとなれば、多額の持参金を用意しなければいけないらしい。アナベルの父親は、もっと格下の相手でもいいのでは？　とアナベルの母親に意見していたようだ。

けれど、野心あるアナベルの母親が、結婚話を推し進めてしまったようだ。現在、アナベルの持参金集めに苦心している最中だという。

そのため、婚約が破棄になっても、大きな問題にはならないという。

どうしようか。頭を抱える。

デュワリエ公爵をメロメロにするなんて、無理だろう。即座に思ったが、アナベルは「これ、欲しいでしょう?」と〝エール〟のネックレスを外してぶらつかせる。ニンジンを前にした馬状態だった私は、あっさりと悪魔《アナベル》の契約に乗ってしまったのだ。

そして――今に至る。

現在、取り巻きを大勢連れた状態で夜会に参加し、デュワリエ公爵と遭遇《エンカウント》している。

作戦は、目の前の〝暴風雪閣下〟をメロメロ状態にすること。

氷のような視線に膝《ひざ》がガクブル震えてしまう。たじろぎ、後ずさりそうになったが、どうしてか体が動かない。

逃げられない‼ と、目の前に真っ赤な文字が表示されたような気がした。

ミラベル・ド・モンテスパン、人生最大の危機である。

どうしてこうなったのか。心の中で、頭を抱え込む。完璧《かんぺき》な策略を立てていたのに、思うように進行しない。

私が事前に立てた作戦はこうだ。

きっと、デュワリエ公爵はさまざまな女性から好意を向けられ、一方的に慕《した》われている。

そんな中で、高圧的な態度に出る女が現れてしまった。すると、「他の女と違う!」と強く印象に残り、気になって仕方がなくなる。朝も夜も昼も、考えてしまうはずだ。

奇抜《きばつ》な行動の数々で彼を翻弄《ほんろう》し、夢中にさせる。

それが、参考書であるロマンス小説を読んで考えた作戦であった。

こういう、何もかも手にしているタイプの男性は、〝享楽《きょうらく》〟に飢《う》えているのだ。

恋は娯楽《エンタメ》である。楽しませた者が、勝者となるのだ。

一回目の邂逅《かいこう》の目的は、デュワリエ公爵を私に対して、「お前、おもしれー女」と思わせること。

もちろん、アナベルという高級素材を最大限に活《い》かし、印象づけるところがポイントだ。

アナベル様語録から面白い言葉を厳選して発言してみたが、睨まれるだけの結果となった。

〝わたくしの美しさに、言葉を失っているのかしら？〟なんて、現実世界に生きていてめったに聞ける言葉ではないだろう。改めて、「アナベルってとんでもない生き物だ」と思ってしまった。私が彼女と遺伝子レベルでほぼ同じであるとは、とても信じられない。

それにしても、あまりにもデュワリエ公爵と対峙《たいじ》する時間が長すぎる。

内心、冷や汗たらたらだ。心の平静を取り戻すため、胸を飾っている〝エール〟のネックレスを触りまくる。これは、アナベルに借りた物だ。代理婚約者を演じているときは、彼女の所有するアクセサリーは使い放題なのである。

いつまで経《た》っても、デュワリエ公爵は反応を示そうとしない。

このままでは、暴風雪で体調を悪くしてしまうだろう。年に一度の楽しい社交期《シーズン》なのに、風邪《かぜ》なんか引いていられない。

アナベル様語録の中から、今の状況にぴったりな言葉を抜粋《ばっすい》し、そのままデュワリエ公爵へ言い放つ。

「わたくしを見つめていたい気持ちはわかるけれど、そろそろ何かしゃべってちょうだいな。それとも、〝婚約者〟である、私の顔を忘れたの？」

「ここではなく、部屋へ、いらしてください」

意外にも、デュワリエ公爵は丁寧《ていねい》な言葉を返す。ただし、暴風雪をピュウピュウと吹き荒らしながら。

個室で話そうというのか。ただ、婚約者同士といえども、未婚の男女である。部屋にふたりきりにはなれない。私は背後を振り返る。

「シビル、付いてきなさい」

「は、はい」

シビルは私とアナベルの間にある契約を知る、唯一《ゆいいつ》の人物だ。男爵《だんしゃく》家の娘で、普段はアナベルの侍女を務めている。

奇《く》しくも彼女と意気投合し、親しくさせてもらっているのだ。

デュワリエ公爵はずんずんと前を歩いて行く。小走りしなければ、置いて行かれるだろう。こういうとき、アナベルだったらどうするのか。答えはひとつしかない。

「デュワリエ公爵！　お待ちになって」

デュワリエ公爵は私の言葉に従ってピタリと止まった。振り返った背後には、やはり、暴風雪が吹き荒れている。

あまりの恐ろしさに悲鳴を上げそうになったが、今、私はアナベル・ド・モンテスパンを演じている。

アナベルだったら、恐ろしく思わないはずだ。

またしても、アナベル様語録から言葉を探し、高圧的に話しかける。

「自分の歩幅と、女性の歩幅が同じではないと、ご存じではないようね。頭の中に唯一存在しているミジンコに、報告しておいてちょうだい。あなたが一歩進む間に、わたくしは五歩歩いていると」

私とデュワリエ公爵の間に、ヒュウと震え上がるような冷え込む風が通り過ぎる。

歴史に残るアナベルのミジンコ発言の引用はやりすぎだったか。ドレスの中は、汗だくだった。

背後にいるシビルの、「ヒッ！」という声も聞こえた。

終わった——私の人生が。

まるで、断頭台に首を差し出しているような気分を味わう。

首から提げた〝エール〟のネックレスを、触りまくった。しかし、心に平穏《へいおん》は訪れない。

きっと、デュワリエ公爵は部下に目配せするだけで、私を処刑できるのだろう。

首を切り落としたあと、埋めるときはどうか〝エール〟のネックレスも一緒にしてほしい。きっと、安らかに眠れるだろうから。

「失礼」

デュワリエ公爵は短くそう言って、ゆっくりゆっくりと歩き始めた。

私は、シビルを振り返る。彼女は手をヒラヒラと水平に動かしていた。大丈夫《セーフ》だった、と言いたいのか。

今度は距離を離されないよう、急ぎ足で進んでいく。

重たいドレスを引きずりながらなので、非常にしんどい。胴に巻いたコルセットだって、確実に私の大事な内臓達をぎゅうぎゅう締めつけている。けれど、湖の白鳥は、水の中のバタ足を絶対に見せない。

ドレスで優雅に歩くとは、そういうことなのだ。

ようやく、デュワリエ公爵の言う部屋とやらに到着した。夜会の参加者のために用意された、貴《き》賓室《ひんしつ》である。

「こちらへ」

デュワリエ公爵に誘《いざな》われ、シビルと共に中へと入った。

すぐに、デュワリエ公爵の手によって扉《とびら》が閉められる。バタンと、大きな音が鳴った気がした。

それは、牢獄《ろうごく》の扉が閉ざされた音のように感じる。

いや、牢獄の中に入った経験はないのだが。

デュワリエ公爵は私に長椅子《ながいす》を勧《すす》め、自らも座る。そのタイミングで、お茶が運ばれてきた。いつの間に、手配したのだろうか。

紅茶が注がれたカップから、湯気がふわふわと漂《ただよ》う。

とってもいい香り！　そんな感想は、喉からでてくる前にごくんと呑み込んだ。

このレベルの紅茶は、アメルン伯爵家では日常的に飲まれているだろうから。香りなんて感じない、安い紅茶を飲んでいる我が家とは違うのだ。

飲んでみたらびっくり。品のある風味が、口の中で花開く。なんておいしい紅茶なのか。紅茶一杯で、幸せな気分で満たされてしまう。

一瞬、これは夢なのかと思ったが――目の前の暴風雪を見て、目が覚める。間違いなく、現実だ。

実感した直後、冷水を浴びせられるような一言に襲われることとなった。

「このあと、陛下と面会の予定があるのですが、何用ですか？」

彼は、理由があって急いでいたのだ。それを、知らずに尊大な様子で引き留めた。

本格的に終わったと思う。もちろん、私の人生が、だ。

白目を剥《む》いていると、どこからか幻聴《げんちょう》が聞こえる。

――気象情報です。本日は穏《おだ》やかな晴天、ところにより、暴風雪でしょう。近隣住民は決して、暴風雪に近寄らず、家でおとなしく過ごしておきましょう――。

「アナベル嬢、いかがなさいましたか？」

アナベルの名前を呼ばれ、ハッと我に返る。幻聴を真面目《まじめ》に聞いている場合ではなかった。

先ほどの一言は、足下にサーッと雪が吹き荒れる地吹雪《じふぶき》のごとく。ゾッとしてしまった。

どくん、どくんと胸が高鳴る。

これは、美貌のデュワリエ公爵を前に起こる胸の高鳴りではない。命の危険を感じるものだ。

そもそも私の中では——尊大な様子で声をかけ、デュワリエ公爵を足止めする。そして、印象に残る台詞《せりふ》を言って、冷たくあしらわれ、その場を去って行く。けれど、彼の中に衝撃《インパクト》として残る——という予定だった。

それなのにどうして、こうして向かい合って座っているのか。

だって、想像できないだろう。天下のデュワリエ公爵が婚約者の呼びかけに足を止め、私室へ誘い話を聞くなどと。

しかも、国王陛下との約束があるにもかかわらず、だ。

婚約者への対応が丁寧すぎる。他人へ時間を割《さ》くことを、嫌うような人だと思っていたのに。

別に、デュワリエ公爵と話したいことなど何もない。人を、氷漬けの刑にするような視線で見るような男性と。

先ほどから〝エール〟のネックレスに触れているのに、いっこうに心の安寧《あんねい》は訪れない。それほど、目の前の〝暴風雪閣下〟が強すぎるのだろう。

もう、耐えられない。必殺「ちょっと、具合が悪くなりました。失礼を」を発動させてしまおうか。そんなことを考えていたら、話しかけられる。

「先ほどからしきりに、首飾りに触れていますが、何か、不具合でも？」

「不具合？」

問いかけられた瞬間、私は思わず立ち上がる。

この完璧な〝エール〟の首飾りに、不具合だと？

いったい、何を言っているのか。私はデュワリエ公爵に訴える。

「この〝エール〟の首飾りに、不具合なんて、あるはずがありませんわ！」

とんだ勘違いである。

すぐさま、デュワリエ公爵のもとへ駆け寄り、隣に腰掛けて首飾りを見せた。

「ごらんになってくださいまし。この、宝石の素晴らしいカットを。美しいでしょう？」

使用しているルビーは、そこまで色合いと透明度が高いものではない。しかし、独自のカット技法により、美しく見せることに成功している。素晴らしいに素晴らしいという言葉を重ねたくなるほどの、大変すてきな逸品《いっぴん》なのだ。

そんな〝エール〟の装身具は、社交界デビューをする年頃の女性のために作られた。

社交界デビューはどうしてもお金がかかる。装身具は母親のお古を、となってしまうパターンも多い。

しかし、しかしだ。装身具の多くは、成熟した女性を美しく見せるために作られたものである。十代の、初々《ういうい》しい女性がつけるには、大人っぽいのだ。

そこへ彗星《すいせい》のごとく現れたのが、ジュエリーブランド〝エール〟。社交界デビューの女性のためにデザインされた装身具を専門に、販売しているのだ。

美しく洗練された意匠《デザイン》なのに、お値段はそこまで高くない。社交界デビューを迎える娘を持つ親に、優しい価格設定となっている。

二年前に登場してから瞬《またた》く間に評判となり、今では入手困難になるほど大人気ブランドとなっているのだ。

私は一年前の社交界デビューの年に、〝エール〟の装身具と出会った。

社交界デビューなんてしたくない。どうせ、アナベルばかりチヤホヤされてしまうのだから。そんなふうに不貞腐《ふてくさ》れる私に、父が装身具一式を買ってくれたのだ。

私はひと目で〝エール〟の装身具を気に入り、喜び勇んで社交界デビューを迎える。

誰かに見初《みそ》められることはなかったが、〝エール〟の装身具をつけた私は、気分だけはプリンセスのようだった。

おまけに、〝エール〟の装身具をきっかけに、お友達までできた。今でも彼女とは、文通する仲である。

社交界デビューの日、〝エール〟のおかげで、初めてアナベルの身代わりでない私が、輝けた瞬間を体験できたのだ。

ブランド名の〝エール〟は〝翼《つばさ》〟という意味だ。まさしく、天高く羽ばたかせてくれるような、最高の装身具だった。

以降、私は〝エール〟に夢中になる。

「この、金で作られた精緻《せいち》な細工が、素晴らしいでしょう？　〝エール〟のデザイナーは、十代の女性が似合う装身具を、理解している天才ですの。わたくしは、この〝エール〟の装身具に、大変勇気づけられました。本当に、素晴らしいジュエリーブランドですわ！」

ちなみに、〝エール〟を創立し、デザイナーも務める人物については、謎《なぞ》に包まれている。私と同じ年頃の少女だとか、少女の心を持った老婆だとか、いろんな憶測《おくそく》が流れているけれど、どれも噂レベルの信憑性《しんぴょうせい》が低いものだ。

何はともあれ、私はひとつでも多く、〝エール〟の装身具を手にしたい。

アナベルは約束した。デュワリエ公爵の婚約者を演じ、彼を夢中にさせたら、この〝エール〟の首飾りを私にくれると。

と、ここでハッとなる。すぐ目の前に、驚いた顔をしたデュワリエ公爵がいることに。

暴風雪は、いつの間にか止《や》んでいた。それほど、私の行動は想定外で、戸惑《とまど》っているのだろう。

時が止まったように思える。

――ワタシハ、何ヲシタ？　ソモソモ、ココハ、ドコ？　ワタシハ、誰？

疑問が荒波のように押し寄せる。

荒波よ、どうかこのまま私を遠くへ攫《さら》ってくれ。そんなことを願ったが、叶《かな》うわけもなく……。

これまでの行動を、改めて振り返る。

デュワリエ公爵が〝エール〟の首飾りに不具合があるのでは？　と聞いたので、そんなことはないと、わざわざ目の前に座って指し示した挙げ句《あく》〝エール〟について早口でまくしたててしまった。

私は、とんでもないことをしてしまった。

デュワリエ公爵の隣に腰掛け、一方的にしゃべりまくるなど、ありえないだろう。

雪山で冬ごもりする熊《くま》の巣に入って、「ごきげんよう」と声をかけるような危険な行為だ。これが、子育て中の熊だったら、確実に死んでいただろう。冬ごもり中の熊は寝ぼけ眼《まなこ》なので、助かったようなものだ。

心の中で、頭を抱え込む。

王家とも強い繋《つな》がりがあるデュワリエ公爵に、無礼を働いてしまった。

婚約がなくなるのはもちろんのこと、一族が社交界から爪弾《つまはじ》きにされるのでは⁉

そんなことを考えていたら、目の前のデュワリエ公爵の姿がぐにゃりと歪《ゆが》む。

涙で、視界が歪んでしまっているのだろう。

頬《ほお》に熱い涙が流れていくのを感じていた。

もう、この場にはいられない。報酬《ほうしゅう》である〝エール〟の首飾りはいらないから、一刻も早く消えてなくなりたい。

「ご、ごめんなさい。失礼を、いたしました‼」

謝罪の言葉を口にし、立ち上がった私は一目散《いちもくさん》に扉へ駆け寄る。視線で待機していたシビルに目配せし、ここからの退却を指示した。

扉の前でもう一度会釈《えしゃく》し、部屋から飛び出す。

そこから、私は脇目も振らずに駆けた。

その日の記憶で覚えているのは、全力疾走《しっそう》に対してシビルが離れずに付いて来てくれたということだけ。

なぜ、このような事態になってしまったのか。

問いかけても、誰も答えてはくれなかった。

第二話目だけれど、アナベルが冷たいです！

報酬である〝エール〟の首飾りに釣られ、私はデュワリエ公爵の身代わり婚約者役を引き受けた。

それはアナベルの、デュワリエ公爵への復讐計画の一端《いったん》であった。

なんでも、アナベルはデュワリエ公爵に無視され、大変憤《いきどお》っていたのだ。

もとより、この婚約は破棄される予定である。ならば、アナベルに好意を抱いたデュワリエ公爵を盛大に振ってやろう。

それが、アナベルの復讐であった。

私の仕事は、デュワリエ公爵をメロメロにさせること。

しかし、それはとんでもなく難しい任務だった。

社交界で〝暴風雪閣下〟と名高いデュワリエ公爵は、とにかくクールな性格で、他人に冷たい。

引き留め、睨まれただけで私は蛇《へび》に睨まれた蛙《かえる》の気分をこれでもかと味わった。

初日はアナベルという存在を印象づける予定だったが、思いがけない事態になる。

私の〝エール〟愛が暴走し、デュワリエ公爵に語り倒してしまった。

あの、驚いた表情を浮かべるデュワリエ公爵の顔が脳裏《のうり》にこびりついて離れない。

作戦は大失敗だった。

それからというもの、私は一週間も引きこもった。アナベルから呼び出しを命じる手紙が届いていたが、あの日の晩のことについてはあまりの恐ろしさに報告なんてできなかった。

家族は私を心配し、お菓子で釣って元気づけようとしていたが、それどころではない。

私は、デュワリエ公爵に大変な無礼を働いてしまったのだ。

これから、アメルン伯爵家への粛清《しゅくせい》が始まるに違いない。

私ひとりだけのっていた断頭台に、家族が仲良く並ぶ様子がありありと想像できてしまった。

みんなで断頭台なら、怖くない？

なんて、一瞬考えてしまったが、いやいやないないと首を横に振る。

そもそも、アナベルに扮《ふん》していた私は調子に乗りすぎていた。本人が高慢で我が儘だからと言って、好き勝手しすぎていたのだろう。

お茶会で高級なチョコレートばかり食べたり、〝エール〟の首飾りを自慢したり、大勢の取り巻きを引き連れて移動したり。

女王然としたアナベルの身代わりは、私にとって娯楽だった。心から、楽しんでいたのだ。それが、仇《あだ》となったのだろう。神様から、罰が下されたのだ。

デュワリエ公爵に無礼を働いた罪で、アメルン伯爵家は窮地《きゅうち》に立ってしまう。

もしも、私ひとりの命で一家が助かるのならば、喜んで差し出そう。そこまで考えていた私のもとに、ある訪問者が現れる。

シーツに包《くる》まり、扉に鍵《かぎ》をかけて籠城《ろうじょう》していた私は襲われてしまう。

無情にも鍵は解錠されバン！　と勢いよく扉が開かれる。

「ちょっとミラベル！　どうして、このわたくしの呼び出しを無視するのよ！」

そう叫びながら接近し、包まっていたシーツを引き剥《は》がしたのは、アメルン伯爵家の愛らしい暴君、アナベル様だ。

「夜会の報告に来なさいって、言っていたでしょう？」

「ぐ、具合が、悪くて」

「嘘《うそ》よ！　夜はぐっすり眠って、三食きっちり食べて、お茶とお菓子まで楽しんでいると、ベルトルトから聞いたわ！」

ベルトルトというのは、私のお兄様である。馬が関わる場面以外では常にぼんやりしている、私でさえ大丈夫かと思うくらいのポンコツ兄だ。

それなのになぜか、アナベルは気に入っているようで、ふたりでお茶を飲んでいる様子をよく見かける。

たぶん、兄がアナベルを女王のように扱うので、気分がいいのだろう。

それにしても、兄が実の妹の情報をアナベルに売るとは。断じて許しがたし。

兄を恨《うら》むよりも、今はどうにかこの場を切り抜けなければ。暴君アナベル様を敵に回すと、大変なことになる。アメルン伯爵家の法律は、アナベル自身なのだ。

私は咄嗟《とっさ》に考えた体調不良の理由を叫ぶ。

「こ、心の病気なの！　胸が苦しくなって、切なくなって、夜しか眠れなくなって、食事とお菓子と紅茶しか喉を通らなくなるの！」

「ワケがわからないことを言っていないで、起きなさい！」

「う……はい」

やはり、私がアナベルに勝てるわけがないのだ。のっそりと起き上がり、ボサボサな髪の毛と皺《しわ》が寄ったドレス姿をお披露目《ひろめ》する。

「あなた、なんて酷《ひど》い恰好をしているの？」

「心の病気なので」

「それはいいから、シャンとなさい！　それでも、歴史あるアメルン伯爵家の娘なの？　シビル!!」

アナベルは同行させていたシビルを呼び寄せ、私の身支度を調《ととの》えるように命じていた。

「身支度が調ったら、ミラベルの部屋で話をするわよ」

「……」

「いいわね!?」

否応《いやおう》なしに、決めつけられる。これぞ、暴君アナベル様といった感じだ。

扉がバタンと閉められたあと、シビルが可哀想《かわいそう》な生き物を見る目で私を見つめていた。

「ミラベル、大丈夫?」

「大丈夫だと、思う?」

「そ、それは……」

シビルは明後日《あさって》の方向を見る。

アナベルの侍女であり、私の親友でもあり、身代わり事情を知る彼女は、微妙《びみょう》な立場にいるのだろう。追及は止めて、身支度を調える手伝いをお願いした。

「ミラベル、髪型と化粧はどうする?」

「どちらも、いつもと同じ感じで」

皺ひとつないドレスを纏《まと》い、薄く化粧を施してもらう。頬にかかった左右の髪を編み込んでクラウンのように巻き付けるという、ハーフアップに仕上げてもらった。

鏡の向こう側にいるのは、至って地味ないつもの私。アナベルそっくりに仕立てるには、華《はな》やかな化粧を施さないといけない。

私の普段の様子は、アナベルと似ても似つかぬものだった。化粧ってすごいと、改めて思ってしまう。

身支度を調えてくれるシビルの才能も、かなりのものなのだろう。

「ありがとう、シビル」

「こんなんで、いいの？」

「いいの。これが、〝私〟だから」

可愛《かわい》いのは、アナベル。

地味なのは、ミラベル。

人気があって友達がたくさんいるのが、アナベル。

人気は特になく友達も少ないのが、ミラベル。

輝かしい未来を持つ伯爵令嬢、アナベル。

輝かしくない未来を持つ伯爵家令嬢、ミラベル。

ずっと、比べられてきた。

アナベルは日向《ひなた》の中を歩き、ミラベルは日陰《ひかげ》の中を歩く。それが、彼女と私の役割でもあった。

「ねえ、シビル。私、どうなると思う？」

「どうって？」

「だって、あなたも見ていたでしょう？」

デュワリエ公爵の私室に招かれた晩、シビルも同じ部屋に控えていた。未婚の男女がふたりきりになるのは、よくないからだ。

彼女は私の一連の暴走を見ていた、ただひとりの人間である。

「デュワリエ公爵は、私を氷漬けにして殺す！　みたいな感じで見ていたでしょう？」

「いや、なんだろう。別れ際は怒っているようには見えなかったような、気がするけれど」

「だったら、どんな顔をしていたの？」

あの日の記憶は、私の脳内にほとんど残っていなかった。完全に、黒歴史扱いである。思い出そうとしたら、持病のしゃっくりが出てしまう。

シビルは当時の記憶を掘り起こし、何か思い出したのかポンと拳を手のひらに叩きつけた。

「戸惑いの表情を、していたような気がする」

それもそうだろう。いきなり大接近し、知らないブランドについてペラペラと捲《まく》し立てる者を前にしたら、困惑《こんわく》の感情しか浮かんでこない。

「怒っていなかったってことは、アメルン伯爵家は、破滅の道を歩まなくても大丈夫なの？」

「どうして、いきなりアメルン伯爵家が破滅するの？」

「だって、〝暴風雪閣下〟の不興《ふきょう》を買ったら、そうなっても不思議ではないでしょう？」

「いやいや、いくらデュワリエ公爵でも、そこまでの権力はないから。大丈夫よ」

「そ、そう？」

ホッとしたところで、シビルはとんでもない爆弾を投下してくれる。

「でも、アナベルお嬢様宛《あて》に、デュワリエ公爵から手紙が届いたようなの」

「へ⁉」

どうやらアナベルの訪問は、手紙についてらしい。

デュワリエ公爵はいないのに、ビュウビュウと暴風雪が吹き荒れているような気がした。寒気《さむけ》を覚えて、自らの肩を抱きしめ、ぶるりと震える。

母さん、お元気ですか……ミラベルです。王都の冬は、寒いです。今も、暴風雪が吹き荒れております――。

「ちょっとミラベル！　わたくしの話を聞いていたの？」

アナベルの声で、ハッと我に返る。隣の部屋にいる母に、脳内手紙を書いている場合ではなかったのだ。

メイドが用意してくれた紅茶を飲む。残念ながら、デュワリエ公爵の部屋で出された香り高い紅茶とはほど遠い、薄くて味気ない風味の紅茶だった。これが、我が家の精一杯なのである。茶菓子も、バターをかき集めて作ったクッキーだろう。ホカホカなのは、アナベルがやってくると聞いてから慌《あわ》てて焼いたからなのか。

一枚手に取って、齧《かじ》ってみる。あっさりしすぎた味わいで、これは保存用のクッキーなのかと疑うレベルの硬さだった。

アナベルの家のクッキーはサクサクと軽い食感で、バターの風味が豊かに香っている。同じクッキーとは思えないおいしさだった。

一度おいしいものを口にしてしまうと、これまで食べていた味に戻れなくなってしまう。身代わりとは、なんて恐ろしい所業《しょぎょう》なのか。改めて思ってしまった。

「――と、いうわけなんだけれど」

「あ、ごめんなさい、アナベル。ぼーっとしていて、聞いていなかった」

「なんですって⁉」

ジロリと、アナベルは渾身《こんしん》の眼力で私を睨む。ちょっと前だったら、震え上がっていただろう。けれど私は知ってしまった。〝暴風雪閣下〟の、氷漬けにするような人殺しの睨みを。今となっては、アナベルの凝視《ぎょうし》など可愛いものにしか見えない。

「どうしてあなたは、そうやってぼんやり生きているの？　雪山だったら、凍死しているわよ？」

それは否定できない。先日、〝暴風雪閣下〟の領域《テリトリー》に侵入して、死にかけた。アナベルのように、シャッキリ生きていないと、いつか命を落とすだろう。

「そもそも、なんなの？　あなたのその、代わり映《ば》えしない、地味な恰好は⁉　ちょっとは社交界で、美意識を磨いてきたかと思っていたら」

「これが楽なの。それに、アナベルみたいに着飾る財力は、我が家にはないのよ」

化粧品もケチって、薄く施すように命令するくらいだ。思いっきり化粧するのなんて、アナベルの身代わりをするときくらいである。

「それに、常に張り切って化粧をしていたら、私とアナベルの顔が似ていることが、周囲にバレてしまうでしょう？」

「それは、そうだけれど……」

アナベルは日向を歩き、私は日陰を歩けばいいのだ。

これまで通りやっていたら、たまに私と彼女が入れ替わっていることなど誰も気付かない。

「それでアナベル。話はなんだっけ？」

「ミラベル、あなた、本当にいい性格をしているわ」

「ええっ、そんな！　アナベルほどいい性格じゃないから」

「謙遜《けんそん》しないで」

「いやいや、本当に、アナベルのほうが、いい性格をしているから」

いい性格をしているアナベルはキッと眉《まゆ》を吊り上げ、一通の手紙を差し出した。

それは、〝暴風雪閣下〟がアナベルに送った手紙である。

「え、これは？」

宛名は、アナベル・ド・モンテスパンだ。それをなぜ、私に差し出すのか。理解不能である。

「これは、デュワリエ公爵からあなたに届いた手紙よ。これを届けに、わたくしはわざわざここにやってきたの」

思わず悲鳴を上げそうになった。

しかし、宛名を確認してほしい。名前はミラベル・ド・モンテスパンではなく、アナベル・ド・モンテスパンだ。

「いやいやいや、アナベル。これ、アナベル宛でしょう？」

「いいえ、あなた宛よ。婚約してから、手紙を送ってきたことなんて、一度もないの。シビルから聞いたわ。デュワリエ公爵と面会したのでしょう？　どう考えても、あなたが扮するアナベル・ド・モンテスパンに対するお手紙じゃない」

「え～～……そんなこと、ないと思うけれど」

アナベルは憤怒《ふんぬ》の表情で立ち上がり、ずんずんと私のほうへやってくる。そして、膝の上に手紙を置いてくれた。

そこには、最高にきれいな文字で署名してある。デュワリエ公爵ヴァンサン・ド・ボードリアール、と。〝暴風雪閣下〟は、美しい文字をお書きになるようだ。

「ってアナベル！　この手紙、未開封じゃない⁉」

「そうよ。だって、わたくし宛ではなく、ミラベル宛ですもの」

「怖い、怖い！　アナベルが開けて読んでよ！」

「どうして、あなた宛の手紙を、このわたくしが読まなければいけないの？」

だって、〝暴風雪閣下〟からの手紙なんて、恐ろしい内容に決まっているから。思わず、アナベルに抱きつき縋《すが》ってしまう。手紙を押しつけようとしても、取り合ってくれない。

それどころか、さらに恐ろしい命令をしてくれた。

「ミラベル。デュワリエ公爵のお手紙をきっちり読んで、お返事を出しておくのよ」

「きゃー！」

「何がきゃー、よ！　お手紙が届いたら、お返事を出すのが礼儀なの」

「でででででも！　これ、デュワリエ公爵からの、お手紙！　アナベル宛！　私、ミラベル！」

「都合がいいときだけ、ミラベルにならないでちょうだい」

「いや、私、ミラベル。あなた、アナベル……ダカラ……！」

自分でも何を言っているのかわからなくなって、言葉遣いがカタコトになってしまう。

こういう状態になっても、アナベル様は辛辣《しんらつ》であった。

「デュワリエ公爵と会ったときは、あなたがアナベルだったでしょう？　わたくしに対する手紙ではないわ」

冷たくそう言って、アナベルは私の体を振り払う。

「ミラベル。そのお手紙、三日前に届いたものだから。早く返さないと、大変な目に遭《あ》うわよ。主にあなたが」

「ええっ、な、なんで、もっと早く……！」

「あなたが、わたくしの呼び出しに応じなかったから、悪いのよ！　遅くても、夕方までには返事を出してちょうだい」

「そ、そんな……！」

神様天使様アナベル様お助けを、と手を差し伸べても、ぷいっと顔を逸《そ》らされてしまう。

「シビル、行くわよ」

「あ、はい」

アナベルは速歩で去って行く。追いかけたが、「これから用事かあるから、ついて来ないで！」とキツめに言われてしまった。

部屋には、私と〝暴風雪閣下〟からの手紙だけが残る。

ありえない悲劇……いいや、喜劇の始まりだった。

◇　◇　◇

一時間くらい、手紙を裏、表とひっくり返し続けていた。

宛名のアナベルも、差出人のデュワリエ公爵も、どちらも恐ろしい。むしろ、ふたりはお似合いなのでは？　と思うくらいに。

ただ、こうもしていられないだろう。手紙は三日前に届いた。一刻も早く読み、返信しないと怒りの大暴風雪が巻き起こってしまうかもしれない。

「ヒイイイイイ……！」

悲鳴を上げながら、手紙を開封する。デュワリエ公爵家の紋章が押された封蝋《ふうろう》を裂《さ》いただけで、恐怖に襲われる。完全に、ホラーである。

ガクブルと震えつつ、便せんを広げた。

宛名や差出人と同じく、便せんには美しい文字が書き綴《つづ》られていた。

その内容は——。

「は⁉」

思わず、我が目を疑う。

デュワリエ公爵は夜会の晩、私を泣かせてしまった件に対して、深く詫《わ》びるという丁寧な謝罪文を送ってきたようだ。

なぜ？　という疑問が、次々と浮かんでくる。

手紙はそれだけではなかった。後日、会って直接謝りたいと。

「いやいやいやいやいや！　ないないないないない、ありえない！」

デュワリエ公爵の手紙の前で叫んでしまう。それほど、衝撃的な申し出だったのだ。

あの〝暴風雪閣下〟が、この私に謝罪するだって？

絶対に、阻止《そし》しなければならない。

すぐさま棚《たな》からペンとインク、便せんを用意し、アナベル風の文字で書き綴る。

お手紙が大変嬉《うれ》しかったこと。わざわざ謝罪していただき、申し訳なく感じたこと。それから、お忙しいだろうから、直接の謝罪は必要ないこと。

三十回くらい手紙を読み直し、失礼な点がないか確認する。

父の部屋に移動し、アメルン伯爵家の紋章印を借りた。手紙に蝋燭を垂らし、印を押し当てて封じる。執事に頼み、速達で出すようお願いしてきた。

これで夕方には、デュワリエ公爵のもとへ手紙が届くだろう。

安堵《あんど》の息を吐きながら廊下を歩いていたら、アナベルに鋭い声で呼び止められる。

「ちょっとミラベル！」

「アナベル⁉」

なんと、帰ったかと思っていたアナベルが、まだ我が家にいたのだ。

ずいぶんと、お長い滞在で。

「え、ど、どうしたの？」

「別に、ベルトルトとちょっとお茶をしていただけよ」

「お兄様と？　へ、へえ……」

ちょっとと言っていたが、あれから二時間半は経っているだろう。妹の私でさえ、兄と二時間も一緒にいられない。馬の話ばかりするので、退屈だからだ。

「お兄様と、なんの話をしていたの？」

「なんでもいいでしょう？　それよりも、なんなの、この手紙は？」

アナベルが私の前にビシッと出したのは、先ほど執事に出すように頼んでおいた手紙だ。

「なんで、それをアナベルが持っているの？」

「念のために、内容に間違いがないか、確認したのよ」

「ひ、酷い！　封をした手紙を勝手に開けるなんて」

「酷くないわよ。分家の紋章なんかで送ったら、偽物《にせもの》だと思われるでしょう?」

「へ?」

アメルン伯爵家の紋章は、白孔雀《しろくじゃく》が羽を広げたものである。本家と分家では、微妙に異なる模様になっているらしい。

「本家は羽根が十枚、分家は八枚しかないの」

「そんな部分にも格差が……」

「あなた、今まで知らなかったのね」

「まあ、はい」

アナベルが指摘してくれなかったら、分家の紋章で手紙を出してしまうところだった。

「問題は手紙だけではないのよ。中身よ、中身！」

「中身、というと?」

「とぼけないでちょうだい！　何が、直接の謝罪は不要です、よ。あなた、わたくしとの約束は忘れたの?　デュワリエ公爵をメロメロにして、〝エール〟の首飾りを受け取るのでしょう?」

「そ、そうだった！」

「一回でも多く会っておかないと、好きになってもらえないじゃない！」

デュワリエ公爵があまりにも恐ろしいばかりに、本来の目的を忘れていたのだ。

「でも、アナベル。デュワリエ公爵に好きになってもらうのなんて、絶対、死んでも無理。私の三時のおやつ、十年分賭《か》けてもいい！」

「あら、どうして？」

「だって、デュワリエ公爵は、人間に興味はありません、みたいな冷徹《れいてつ》な人なんだよ？」

「これから、あなたがあの手、この手を使って惚《ほ》れさせるのでしょう？」

「ど、どうやって⁉」

「それは、ご自分で考えなさいな」

「そんな！」

この契約は、あまりにも危険《リスク》が高すぎる。もしもバレたりしたら、アメルン伯爵家は破滅の道を歩む結果となるだろう。

「アナベル、家が没落《ぼつらく》してもいいの？」

「それも、いいかもしれないわね」

「はあ⁉」

没落してもいいなんて、信じられない。正気かと、問いかけたくなる。

「どうして、没落してもいいだなんて……？」

「だって、飽き飽きしているの。今の、慌《あわ》ただしいばかりで不自由な生活に」

だからこそ、アナベルは暇《ひま》な私に身代わりを頼むのだろう。

日向を歩くのも、大変だと言いたいのだろうか。私としては、羨ましい限りだが。

「いいわ。ミラベル。もうひとつ、〝エール〟のジュエリーを、付けてあげる。誕生日に、お父様がわたくしに買ってくれるって言っていたから」

「へ？」

「しかも、新作よ？」

「し、新作が、発表されたの？」

「あなたが引きこもっている間にね」

「う、嘘！」

「本当よ。ほら、これをごらんなさいな」

アナベルはデザイン画が描かれたリーフレットを差し出す。そこに描かれていたのは、〝エール〟で販売されている〝エレガント・リリィ〟シリーズの新作のデザイン画であった。

「やだ。すごく……きれい！　新作って、〝エレガント・リリィ〟なのね！　すごく久しぶりじゃない！」

現在、〝エール〟で販売されているのは、社交界に出る女性向けに作られた〝ピュア・ローズ〟シリーズと、社交界デビューから一、二年経った女性向けに作られた〝エレガント・リリィ〟シリーズがある。

〝エレガント・リリィ〟は、ここ最近新作が出ていなかったのだ。満を持しての、新作発表だったことだろう。

「ミラベル。あなたが、デュワリエ公爵をメロメロにできたら、この新作をあげるわ」

「デュワリエ公爵を、メロメロ、に？」

「ええ、できるでしょう？　ミラベル、あなたならば」

アナベルの悪魔の誘惑に、私はあっさりコクンと頷《うなず》く。

メロメロにする相手がデュワリエ公爵だなんて、〝エール〟の新作を前にしたら、すっかり忘れていたのだった。

第三話目だけれど、公爵との面会が決まりました

引き続き、アナベルの身代わりをすることとなった。

もう止めようと、百万回は思っていたのに。

神様……どうして私は、物欲に弱いのでしょうか？　命の危機が迫ったとしても、危ない場所に飛び込んでしまう。これでは、リアルな飛んで火に入る夏の虫だ。

自分の浅はかさに、呆《あき》れてしまう。

あれから数日経ち、私は直接会って謝罪したいというデュワリエ公爵に「では、会いましょう」と返事を送った。するとすぐに、面会の申し出が届く。

仕事が忙しいようで、一週間後と書かれてあった。

場所は〝シュシュ・アンジュ〟。上位貴族の社交場として有名な、超高級店である。

常連でも半年先まで予約が取れないようなお店だが、大貴族であるデュワリエ公爵は難なく確保できるのだろう。さすがである。

それにしても、本当に大変な事態となった。まさか、デュワリエ公爵と私的に会うなんて。初日にインパクトを与えるという作戦は、成功してしまったのだ。

我《わ》がことながら、信じがたい気持ちになる。

正直に言えば、〝エール〟の装身具をふたつも貰《もら》えるという報酬に興奮して、我を忘れていたことは認めよう。もう二度と、安請け合《うあ》いをしないと、心に誓っていた。

どうしようか悩んだ結果、短期集中型でデュワリエ公爵をメロメロにさせる作戦を思いつく。

別に、婚約期間中みっちりアプローチする必要なんてない。アナベルの目的は、惚れさせた状態で婚約破棄することだから。

そんなわけで、短期間で好きになってもらう方法を考えたが――見事に思いつかない。

それよりも、私がデュワリエ公爵の不興を買って、アメルン伯爵家の破滅ルートしか想像できなかった。

どうするの、私⁉

色恋沙汰《いろこいざた》とは縁がなかったので、まったく思いつかない。

こうなったら、恋愛の指南書《しなんしょ》頼りである。デュワリエ公爵と会うまでの一週間、ひたすらロマンス小説を読みあさった。

どうやら、恋は駆け引きが大事らしい。押しては引いてを繰り返し、相手を翻弄する。

思い通りにならない相手だと思われるのが、ポイントだそうな。

大胆《だいたん》な方法では、他の人に気がある振りも効果が大きいようだ。ただ、これをする場合は、注意が必要らしい。親しくなる直前に、他の異性の存在をじんわりと匂《にお》わせるようだ。

高等テクニックのようで、失敗すると大惨事になるとのこと。

まあ、これを実行するか否《いな》かの判断は、デュワリエ公爵と打ち解けてからだろう。

大きな課題として、どうやってデュワリエ公爵と仲良くなるかが問題だ。

あっという間に、面会の当日となる。

シビルが用意した、アナベルのドレスや、自慢の美しい装身具一式を前に、不安は消し飛んだ。

しかし、身支度が調って姿見にアナベルそっくりな姿が映ると、とたんに憂鬱《ゆううつ》になってしまった。

鏡の向こうの自分が、ミラベル《わたし》だったらどんなによかったか。

今日も今日とて、アナベルの身代わりとして家を出る。

重たい足を引きずるようにして、〝シュシュ・アンジュ〟に向かった。

馬車が停まる。どうやら、到着してしまったらしい。

ぼんやりしているシビルに、これから始まる身代わり劇に誘うような一言を発した。

「ようこそ、地獄へ」

「ミラベル、ここは地獄ではなく、シュシュ・アンジュだから」

「シビル、今はアナベルよ」

アナベルの真似をして注意すると、シビルは「わかっていますよ」とばかりに肩を竦《すく》める。

御者《ぎょしゃ》が馬車の扉を開いてくれる。目の前にそびえるのは、よく言ったらクラシカル。悪く言ったら古びた三階建ての城館である。左右対称に作られた佇《たたず》まいは大変立派だが、積み上げられた煉《れん》瓦《が》に隙間《すきま》なく絡《から》みついた蔓《つる》が月日の流れを教えてくれるような気がした。

獅子《しし》のドアノッカーをシビルが鳴らすと、すぐに燕尾服《えんびふく》姿の初老の男性が顔を覗《のぞ》かせた。

シビルが一歩前に出て、対応してくれる。

「本日訪問予定だった、アメルン伯爵令嬢アナベル・ド・モンテスパン嬢でございます」

シビルがハキハキ述べると、中へ誘われる。

ここに足を踏み入れるのは初めてだ。いつもの私だったら戦々恐々《せんせんきょうきょう》となるが、今日の私は天下のアナベル・ド・モンテスパンである。堂々と、一歩を踏み出した。

先ほどの男性が、部屋まで案内してくれるようだ。

エントランスホールは三階まで吹き抜けで、天井に描かれた美しい宗教画に「ほう」とため息が零《こぼ》れた。

床は琥珀《こはく》色に輝く大理石で、歩く度《たび》にコツコツと高い音を鳴らす。

廊下には肖像画が飾られていた。なんでもここは、三世紀前に凋落《ちょうらく》した一族の城館だったらしい。

当時、戦争が激しく、男系男子はすべて出払い、戦死してしまったのだとか。

三世紀前は爵位が継承できるのは一族の男子のみで、女性に継承権はなかった。

貴族には、高貴なる者の務めがあるという。そのため、一度戦争が起こったら前線に立って戦わないといけないらしい。

戦争が長引いた結果、歴史ある名家が次々と世継ぎを亡《な》くした。このままでは貴族の歴史が終わってしまう。危惧《きぐ》した国王が、新たな法律を立てた。それは、女性にも継承権を与えるというもの。

継承権が昔のままであれば、アメルン伯爵家の次期当主は兄だっただろう。父が「惜《お》しい時代に生まれたものだろう?」と聞いても、兄は「別に」と答えるのんびり屋だった。

もっと野望を持てよ！　分家魂《だましい》をどかんと見せてみろよ！　と父は訴えたが、兄はポカンとするばかりであった。

と、物思いに耽《ふけ》っている間に、デュワリエ公爵が待つ部屋にたどり着いてしまったようだ。

「こちらが、デュワリエ公爵家が所有する〝赤の貴賓室《レッドドローイングルーム》〟でございます」

「赤の、貴賓室……！」

なるほど。公爵家レベルになれば店は予約せずとも、あらかじめ専用の個室が存在すると。二枚の重厚な扉から、規模の大きな部屋であることは推測できる。

男性は扉を叩《たた》き、アメルン伯爵令嬢アナベル・ド・モンテスパンの訪問を告げた。

扉が開かれ、手で促《うなが》される。この先に、デュワリエ公爵がいるようだ。

胸を押さえ、息を大きく吸って、深くはきだす。

デュワリエ公爵をメロメロに、メロメロに、メロメロメロメロに。呪詛《じゅそ》のように呟く。もう自分でも、何を言っているのかわからなくなった。

とにかく、気合いで乗り切ろう。

赤の貴賓室が私の血でさらに赤く染まらないことを祈りつつ、中へ入った。

どくん、どくんと胸が高鳴る。今日は、お守り代わりの〝エール〟の首飾りはつけていない。以前、デュワリエ公爵になぜ触っているのかと、指摘されたからだ。

初対面の相手、しかもデュワリエ公爵に空気も読まずに〝エール〟について語り倒してしまうなんて。思い出しただけでも、ぶるっと身震いする。

「どうぞ、中へ」

「え、ええ」

早く入れと急《せ》かされたので、瞬時に意識をミラベルからアナベルへと入れ替える。

私はアナベル・ド・モンテスパン。アメルン伯爵家の暴君、アナベル・ド・モンテスパン。怖い者なんて、この地上に存在しない。最強の貴族令嬢である。

……これでよし。

いや、ぜんぜんよくないけれど、今はもうアナベルになりきるしかなかった。

背筋を極限までピンと伸ばし、胸を張り、堂々とした足取りで赤の貴賓室へ足を踏み入れる。

そこには、腕組みして長椅子に腰掛ける、〝暴風雪閣下〟の姿が。

すでに、暴風雪が部屋中にビュウビュウと吹き荒れていた。

さ、寒い。ガクブルと全身の震えが止まらなくなる。

会ったばかりだが、回れ右をして帰りたくなった。

ここで物怖《ものお》じしてはいけない。相手が誰であろうとアナベルは、平然と声をかけるのだ。

艶《あで》やかな笑顔を浮かべ、声をかける。引きつっていませんようにと、祈りながら。

「ごきげんよう、デュワリエ公爵」

「ええ。久しぶりですね」

まったく温度のない言葉に、背筋が凍る思いとなった。引きつった顔を悟《さと》られないよう扇《おうぎ》を広げ、盾《たて》のように構えながら、一歩、一歩と接近する。

「失礼」

そう断ってから、優雅に腰掛ける。ここまでの行動は、百点満点中一億点くらいだろう。完璧なアナベルだ。

自分で自分を過剰に褒《ほ》める作戦に出る。そうでもしないと、身がもたない。

問題はここから。彼をメロメロにするには、駆け引きできるまで親密にならなければならないだろう。

そこまでの道が、険《けわ》しい気もするけれど。〝エール〟の首飾りを手にするため、頑張らなければ。

広げていた扇を、手のひらに叩きつけるようにしてたたんだ。パチン！　と、音が鳴り響く。これは、相手に威圧感をかけるアナベルの必殺技である。今までたくさんの人々を戦々恐々とさせてきた。

しかし、デュワリエ公爵は平然と私を見つめている。どうやら、本家本元ほど迫力はなかったようだ。

「今日は、あの首飾りをつけていないのですね」

「はい？」

なぜ、首飾りについて指摘するのか。今日身につけているのは、アナベルが母親から譲り受けたという、サファイアの首飾りだ。驚くなかれ。彼女がこの首飾りを贈られたのは、六歳の誕生日。自慢されて羨ましくなった私は、母に「私もサファイアの首飾りがほしい」とねだったものだ。

しかし、母は悲しそうな表情で言った。「私は馬をねだったので、首飾りは貰えなかったのよ」と。母と伯母は双子であるものの、天と地ほども感性が違っているようだ。

膝から頽《くずお》れた当時の記憶は、今でも鮮明に思い出せる。

そんな話はさておいて。

デュワリエ公爵は顎《あご》に手を当て、考え事をしている。おかげで、私もサファイアの首飾りについての記憶を遡《さかのぼ》ってしまった。

というか、呼び出しておいて謝罪もなく、人の装身具について触れるのはどうなのか。

三分くらい、押し黙っていた。いい加減にしてほしいので、こちらから声をかける。

「デュワリエ公爵、いかがなさいましたか？」

「あ、いや――その首飾りが、まったく似合っていないと思いまして」

直球に、指摘してくれる。似合わないのは当たり前だろう。なんせこれは、アナベルの母親が十八歳の社交界デビューの年にあつらえた品だから。二十年も前の首飾りが、今風のドレスに合うわけがない。

ではなぜ、これをつけてきたのか。デュワリエ公爵との面会に集中するためである。

羨ましいことに、アナベルが所有する装身具のほとんどが〝エール〟の品なのだ。

アナベルは普段、装身具を貸すときは何も言わないのに、今回だけは「大事に扱ってよね」と注意してきた。きっと、彼女にとって大切な物なのだろう。

そんな品を「似合っていない」と断言され、ムッとしてしまった。

感じた気持ちを、そのままデュワリエ公爵へ伝える。

「こちらは、母から譲り受けた品ですの。そのように似合っていないなどと言われると、少々不快ですわ」

「それは失礼しました。しかし――」

以降は声に出さず、じっと凝視するばかりだ。

なんというか、デュワリエ公爵は変わっている。普通、似合っている以外の言葉は、他人に対して直接かけない。

正直者なのかよ。

湖に斧《おの》を落とした際、女神から「あなたが落としたのは、使い古した斧ですか、それとも金の斧ですか？」という質問に対し、「使い古した斧を、とっとと返してください」と言ってしまうタイプなのだろう。

ちなみに私は、元気よく「金の斧です！」と答えるタイプだ。もしも私が童話の世界の住人だったら、最初に破滅しているに違いない。

また、現実逃避をしてしまった。その間にも、デュワリエ公爵は飽きずに私をじっと見つめている。博物館の銅像ではないのだから、そのように見つめないでほしい。

早く面会の時間を終わらせてくれ。願いが通じたのか、デュワリエ公爵はスッと立ち上がった。私もつられて立ち上がる。どうやら、お開きのようだ。

収穫はゼロだが、今の私は機嫌がすこぶる悪い。このまま、帰ったほうがいいだろう。

「では、お忙しいようですので、わたくしはこれで」

「別に、忙しくはないのですが」

「ならばなぜ、お立ちになられたのです？」

「あなたに似合う、首飾りを贈ろうと思いまして。店の者を呼んだほうが早いのか、直接行ったほうが早いのか、考えていたところです」

「は？」

最初から最後まで、ワケがわからない発言をしてくれる。

「なぜ、わたくしに首飾りを贈ろうと思いましたの？」

「以前会ったときに、無礼を働いたでしょう？　その詫びに」

「なっ！」

カーッと、顔が熱くなっていくのを感じる。

忙しい毎日で、私との記憶なんて消し飛んでいたものだと思い込んでいたのに。

すぐさま、まくしたてるようにして拒絶する。

「詫びの品など、必要ありませんわ。一言、謝るだけでよいのです」

さあ、謝れと、胸を張る。しかし、デュワリエ公爵は首を横に振って拒否した。

「あなたは泣くほど、衝撃を受けたのでしょう？　言葉だけで謝罪の気持ちを表すなど、とうてい難しいかと」

「いいえ、お言葉だけで、十分ですわ」

どうせ、デュワリエ公爵に首飾りを買ってもらっても、私の物にならない。それなのに、買ってもらうのは不毛だろう。

「その、似合わない首飾りを身につけているのは、よくないかと」

「放っておいていただける？　別に、夜会につけていったわけではないでしょう？」

本日の面会はあくまで私的なもの。公的な場所につけていくつもりはまったくない。

きっと、自分の婚約者が、時代遅れの装身具を身につけているのは気に食わないのだろう。だから、「買ってやる」と尊大な様子で言うのだ。

私の主張なんて、これっぽっちも耳を傾ける様子はないようだ。ここが、切り上げ時だろう。

「気分が悪いです。本日は、帰らせていただきます」

そう宣言し、ドレスの裾《すそ》を持って会釈する。あとは、回れ右をして帰るだけだ。

一歩踏み出した瞬間、〝暴風雪閣下〟は思いがけない行動に出る。

「待ってください」

私の腕を掴《つか》んだだけではなく、ぐっと腰を抱いて引き寄せた。

「きゃあ！」

普段は「うぎゃ！」とか「ぎゃあ！」とか、淑女《しゅくじょ》としてどうなのかという濁声《だみごえ》しか出ない。今日はアナベルになりきっているからか、きれいな悲鳴が口から飛び出てきた。

「な、何をなさいますの⁉」

未婚の女性に触れるなど、あってはならないこと。たとえ、婚約者であっても、だ。

抗議しようと思った次の瞬間、首回りにあった重さが、スッと引いていく。

「これは、あまりにも古すぎる」

顔を上げると、デュワリエ公爵がサファイアの首飾りを手にしていたのだ。

いつの間に、取り外したのか。見間違いかと思って首に触れたが、何もなかった。

今度は胸元辺りまで、熱を発しているような気がした。湯上がりのように、体が火照《ほて》っている。

怒りと羞恥心《しゅうちしん》が、同時に襲いかかってきたのだ。

服を脱いだわけではないのに、首飾りを取られただけでこんなに恥ずかしいなんて。

装身具も服の一部なのだと、ヒシヒシ痛感してしまった。

「か、返してくださいませ！」

「新しい首飾りを買ったら、お返しします」

「いいえ、必要ありません」

先ほどから、拘束《こうそく》から逃れようとジタバタしているのに、ビクリとも動かない。

どうしてこのような状態になったのか。

視界の端にサファイアの首飾りがあったので取ろうとしたが、サッと避けられてしまう。そして
そのまま、デュワリエ公爵のズボンのポケットに入れられてしまった。あの辺りをまさぐるのは、
いささか難しい。なんて場所に入れてくれたのか。

「行きましょう」

簡潔にそう言って、デュワリエ公爵は私を軽々と抱き上げる。

「は⁉」

お姫様抱っこのような状態で、私は連れ去られてしまった。

「なっ、ちょっ、だ、誰か、お助けを〜〜〜〜‼」

半ば、素《す》が出た状態で叫んでしまう。

しかし、すれ違う者はいない。なんだこの、完璧な人払いは。本当に、人っ子ひとりいないのだ。

「じ、人類は、滅びてしまったの⁉」

問いかけに対する答えはひとつもなかった。

その後、デュワリエ公爵は私を横抱きにしたまま馬車に乗り込み、座席にゆっくり下ろされる。

デュワリエ公爵は、目の前に座った。

おまけにシビルを乗せて動き出す。

え、何、この状況……？

私は眉間《みけん》に皺を寄せた状態のデュワリエ公爵の前で、頭上に疑問符《はてな》をしこたま浮かべている。

隣にシビルがいてくれるのが、どれだけありがたいか。走って付いてきてくれたことを、心から感謝したい。

そんなことより、私はどうすればいいのか。

無理やり連れ去られたときのアナベルの反応が、まったく想像できなかった。

天下無敵のアナベル様も、こうして強引《ごういん》に連れ去られたらスンスン泣いてしまうのか。

それとも、怒りを爆発させて相手を糾弾《きゅうだん》するのか。

たやすく想像できるのは、後者だろう。けれど、安易《あんい》に怒って相手を触発してしまったら、逆に危険な目に遭う。アナベルは賢い。だから、こういうときは逆に冷静なはずだ。

きっと、弱々しく泣いたり、不安そうにして弱みを見せたりもしないだろう。

アナベルだったら、毅然《きぜん》としながらも、相手を睨みつけるに違いない。

だから、今の臨戦モードの維持で間違いないはず。

「……やはり」

「やはり？」

言葉を切って、じっと見つめる。顎に手を添え、何か考えこんでいるように思えた。

ドキン！　と、胸が大きく跳《は》ねる。

もしかして、身代わりがバレたのではと、サーッと血の気が引いていった。

アナベルとデュワリエ公爵は一度、顔合わせをしていたのだ。アナベルは無視されたと憤っていたが、デュワリエ公爵はきちんと覚えていたとか？

やはり、引き受けるべきではなかったのだ。私がデュワリエ公爵をメロメロにするなんて、最初から無理だったのだ。

不安が洪水《こうずい》のように押し寄せ、胸元に手を触れる。

しかし、今、私を励ましてくれる〝エール〟の首飾りはなかった。

ああ、神様天使様デュワリエ公爵様、どうか命だけは、お助けを……！

こうなったら、命乞《ご》いしかできないだろう。

それにしても、言いかけて止めるなんてあまりにも酷い。やるならば、ひと思いに指摘してほしい。おかげで、胸を金槌《かなづち》で打たれているようなドキドキ感に襲われている。

床に額《ひたい》を付けてでも謝るので、どうか許してもらえないだろうか。馬車を止め、解放してくれたら、ハッピーエンドである。

デュワリエ公爵に喧嘩《けんか》を売った娘として悪評は広まるだろうが、命さえあればなんだってできる。アナベルには慰謝料として、どこか地方貴族の侍女の仕事でも紹介してもらおう。そのほうが、地味でパッとしない私に合っている。アナベルとの身代わりは、刺激があって楽しかった。けれど、大変なリスクを伴《ともな》うものだったのだ。

私は覚悟を決め、デュワリエ公爵に問いかける。

「やはりとは、なんですの？」

「いえ、あなたとは、どこかでお会いしたような気がしたのですが」

先日の夜会が初対面です……と、言おうと思っていたものの、それは〝ミラベル〟の記憶だろう。アナベル本人は、半月前の夜会で顔を合わせている。

「いつの話をしているのかしら？」

「一年前くらいか……デビュタントの娘達が、多く参加する夜会だったような。はっきりとした記憶ではなく、顔や服装の記憶は曖昧《あいまい》だったのですが」

一年前といったら、私が社交界デビューを行ったタイミングくらいか。そういえば、そのときにアナベルとデュワリエ公爵も参加していた。

当時のアナベルは、大勢の取り巻きに囲まれていたのだ。一方の私は知り合いもおらず、付添人《シャペロン》がやっとの思いで見つけてくれた相手の足をダンスで踏みつける大失態をし、そのショックを引きずって壁の花になっていた。

夜会はキラキラと眩《まぶ》しく、華やかで、洗練されていて。でも、皆が皆、楽しめるような場所ではなかった。

話を聞かされたとき、こうなるのではと予想していた。けれど、両親は「行ってみたら、楽しいかもしれないよ」と言っていたのだ。けれど、現実は甘くなかったのである。

私自身、視線はずっとアナベルにあったし、他の人達もアナベルに羨望《せんぼう》の眼差しを向けていたように思える。彼女はまさしく、社交界の華なのだ。

同じアメルン伯爵家に生まれた私とアナベルは、どうしてこうも違うのだろうか？

がっくりうなだれ、落ち込んだ私を励ましてくれたのは、両親が贈ってくれた〝エール〟の首飾りだった。触れていると、心が安らぐ。

〝エール〟の首飾りのおかげで、私はなんとか夜会を乗り切ったのだ。

「声を、かけようと思ったのです」

意外だ。この暴風雪吹き上げる閣下が、他人に興味を示すなんて。しかしそれほど、アナベルは魅力的に映《うつ》ったのだろう。

「不安そうで、今にも消えてなくなりそうな儚《はかな》さを覚えて……」

「え？」

あの暴君アナベル様が、不安そうで、今にも消えてなくなりそうだったって？

ありえない、と思ったけれど、アナベルにも私が知らないいじらしい一面があるのかもしれない。

もしかしたら、デュワリエ公爵はアナベルが一瞬目を伏せたときに、繊細《せんさい》な心の内を読み取ったのだろう。

そんなことを考えていたら、デュワリエ公爵は衝撃的な言葉を口にする。

「あなたはあのときも、胸元の首飾りに触れていましたね？」

それ、アナベルではなく私《ミラベル》《わたし》!?

思わず、叫びそうになってしまった。

「そ、その記憶は、正しいものですの？」

「ええ。間違いありません」

先ほどから、胸がドキドキとうるさい。デュワリエ公爵にじっと見つめられているからだろう。

このドキドキは、決してときめきから湧き起こるものではない。命の危機から感じるドキドキだ。

デュワリエ公爵は私の言葉を待たずに、続けてしゃべる。

「壁に、ぽつんとひとりでいて、どこか居場所がないように見えましたので」

間違いない。壁際で首飾りに触れながらひとりぼっちを決め込んでいたのは、まぎれもなく私である。アナベルが孤立なんてするわけがない。

まさか、デュワリエ公爵に見られていたなんて。顔が、カーッと熱くなっていくように感じる。

「暑い、ですか？」

「え⁉」

「顔が、真っ赤なので」

「き、気のせいよ！　わたくしは、寒くも暑くもないんだから！」

シビルのほうを見ながら、大丈夫よね？　と声をかける。シビルは目を泳がせながら、「だ、大丈夫です」と言っていた。きっと、今の私は大丈夫ではないのだろう。

「同じだと、思ったのです」

「同じ、とは？」

「私も社交界に、居場所がないように思っていたので」

驚いた。デュワリエ公爵が、夜会みたいな華やかな場所に居場所を見つけられないなんて。

そっと顔を見てみると、アメシストの瞳に孤独な色が滲《にじ》んでいるような気がした。それはまるで、鏡を覗き込んだ先にいる私みたいだ。

アナベルはたくさんの人に囲まれ、愛される。一方で、同じ家に生まれた私は、誰からも見向きもされず、愛されることはない。

家族は私を可愛がり、愛してくれる。けれど、そんなの当たり前である。〝家族〟なのだから。

アナベルと自分の境遇を比べ、愕然とし、落ち込んでしまう。それ故《ゆえ》に、私の瞳は曇ってしまうのかもしれない。

デュワリエ公爵も、誰にも理解されず他人に劣等感を抱く中で生きているのだろうか？　そうであるのならば、親近感を抱いてしまう。

「けれど」

急に、声が冷たくなる。車内の温度が、ぐっと下がったのは気のせいではないだろう。

デュワリエ公爵は眉間に皺を寄せ、責めるような口調で語りかける。

「一年ぶりにあなたを見かけた瞬間、あのときの女性だと気付いたのですが――別人のようでした」

それは、当たり前だろう。最初に見かけたのは私で、次に見かけたのはアナベルだから。

「大勢の取り巻きを引き連れ、女王然としていました。なぜ?」

勢いよく、扇を広げる。バサリ、と大きな音が鳴った。単なる時間稼《かせ》ぎである。余裕たっぷりに見えますようにと願いながら、微笑みを浮かべた。

こういうとき、アナベルだったらどう返すか。脳内にあるアナベル様語録から適切な言葉を選んで言った。

「女には、さまざまな顔がありますのよ」

それで納得してくれたのか。デュワリエ公爵の眉間の皺は解《ほぐ》れ、鋭い目つきも和《やわ》らいでいく。

「つまりあなたには、ふたつの顔があると?」

「まあ、言ってしまえば、そうですわ」

嘘は言っていない。嘘は。

胸の鼓動はドキドキから、バクンバクンと大きく打っていた。動悸《どうき》が激しすぎる。暴風雪にさらされ、命の危機を感じているからだろう。

「どうして、そのようなことをしているのですか？」

デュワリエ公爵の追及は容赦《ようしゃ》ない。「女には、さまざまな顔がありますのよ」という意味深に聞こえる言葉では、納得してくれなかったようだ。

肩から胸に流れる、金の巻き髪を指先で払う。熱いコテで巻かれた縦ロールは、どれだけ激しく動いても形が崩れないようになっているのだ。

もちろん、この余裕たっぷりに見える動作も、時間稼ぎだった。脳内では必死に、アナベル様語録から言葉を探している。

「それは――アメルン伯爵家のため」

「具体的には？」

「交友関係を広めることは、貴族女性として当たり前のこと。正直、進んでしたくはないのだけれど。素の自分では、馬鹿馬鹿《ばかばか》しくってできませんの。仮面のひとつやふたつつけないと、とてもやっていけない」

「そう、だったのですね」

どうやら、納得してくれたようだ。ホッと胸をなで下ろす。

「一度目と三度目に会ったあなたは素の姿で、二回目に会ったあなたは社交界で生きていくために作った仮面を被《かぶ》っていたと？」

「まあ、そんなところかと」

デュワリエ公爵が一度目と三度目に見たのは私で、二度目はアナベルである。いい感じの解釈をしてくれたので、そういうことにしておいた。

それにしても、本当に驚いた。私とアナベルを見分ける人がいたなんて。

アナベルが今の派手な化粧を覚える前の私達は、ほんとうにそっくりだった。服を入れ替えて両親のところに行ったら、気付かなかったくらいである。

そのときに、アナベルの真似がそっくりだと褒められた。以降、私は彼女を観察し、より上手《うま》くアナベルを演じられるように研究していたのだ。

両親は騙せても、長い時間一緒に遊んでいた兄だけは騙せなかったが。ぽややんとしているようで、私とアナベルを見極める能力は天才的だったのだ。

長々と話をしているうちに、馬車が停まる。窓の外を覗き込むと、赤煉瓦の建物の上部に〝エール〟の看板が見えた。

「ここ、エールの本店⁉」

「ええ」

本店は招待制で、誰も彼も入れるわけではない。デュワリエ公爵はさまざまなコネクションを持っているようだ。

「デュワリエ公爵、もしかして、エールの装身具を買ってくださるの？」

「はい」

両手を挙げて、「ヤッター！」と叫んでしまった。

「本店に入れるなんて夢みたい！　神様は、私のことを、見てくれているのね！　ああ、ありがとう！　本当に、ありがとう。ついでに、連れてきてくれたデュワリエ公爵にも、ありがとう！」

「アナベルお嬢様‼」

シビルが私の服の裾を掴み、耳元で思いっきり叫ぶ。

耳がキーン！　としたのと同時に、ハッとなった。

私は今、何を言った？

〝エール〟本店に行ける嬉しさのあまり、我を忘れていたような？

一瞬、アナベルを演じることを忘れていた。あってはならない事態だろう。問題はそれだけではない。素の私を、デュワリエ公爵に見られてしまった。

ぞくりと、背筋に寒気が走る。背後にデュワリエ公爵がいるからだろう。

油が切れたゼンマイ仕掛けの人形のように、ギッギッギッと、ぎこちない動きで振り返る。

背後にいたデュワリエ公爵は、暴風雪が吹き荒れ、身が凍えるような視線を私に向けていた。

「あ、あの、以前も申しておりましたが、わたくし、〝エール〟の大ファンで」

「そう、ですか」

「本店は、選ばれた方のみ招待されると聞いたものですから」

基本、商人は貴族の家を訪問して物を売る。一方で、〝エール〟は訪問販売をせず、誰にでも売らないことを信条としている。客が店や商人を選ぶのではなく、〝エール〟が、客を選ぶのだ。

〝エール〟の店舗《てんぽ》は王都内に本店、一号店、二号店の三店舗ある。どこも、おいそれと近寄れる店ではない。父も知り合いに頭を下げて、私に首飾りを買ってきてくれたのだ。

「その、本店とご縁があるなんて、さすが、デュワリエ公爵ですわね」

「まあ、そうですね」

私の話なんて、まったく、これっぽっちも興味がないのだろう。目を逸らしながら、言葉を返してくれる。

なんとか誤魔化《ごまか》せただろうか？

戦々恐々としていたら、デュワリエ公爵が手を差し出してくれる。もしかして、エスコートをしてくれるというのか。

恐れ多いが、アナベルだったら当然とばかりに受け入れるだろう。私はアナベル、忘れるなと暗示をかけつつ、デュワリエ公爵の手を取った。

「デュワリエ公爵は、〝エール〟の装身具を、誰かに贈っているの？」

「私が〝エール〟の装身具を贈る相手は、ひとりだけでした」

でした、という過去形にぎょっとする。うっかり、特大の地雷を踏んでしまったか。

もしかしたら、〝エール〟の装身具を贈った相手と結ばれなかったので、アナベルとの婚約を決めたのかもしれない。

「だったら、デュワリエ公爵にとっても、〝エール〟の装身具は、特別なものではなくって？」

「ええ、そうですね。〝エール〟は、私と彼女の、絆《きずな》、みたいなものでした」

悲恋の予感がして、ズキズキと胸が痛んでしまう。

ぐっと足を踏ん張り、その場に留まった。振り返ったデュワリエ公爵は、不思議そうな顔で私を見る。

「どうかしたのですか？」

「デュワリエ公爵と想《おも》いが叶わなかった女性が大事にしていた〝エール〟の装身具など、受け取るわけにはいきません」

デュワリエ公爵は、私の言葉に怪訝《けげん》そうな表情を向けている。

「わたくしに買うことによって、恋人だった女性との思い出が、穢《けが》されるような気がして」

「ああ、そういうことですか。勘違《かんちが》いです」

ドキッパリと言い切ってくれる。勘違いとは、どういうことなのか。

「贈っていたのは、妹です」

「い、妹、ですって⁉」

切ない恋物語だと思いきや、ただの家族思いの青年の話だった。

冷徹で他人に興味がないように思える〝暴風雪閣下〟でも、妹は可愛がっているのか。

……いや、なんか、ぜんぜん想像がつかないけれど。

「妹さんは、もう嫁がれているの？」

「いえ。病気がちで、なかなか外に出す気にはならず」

「まあ、大変なのね。わたくしの親友も体が弱くて、めったにお会いできないの」

親友フロランスとは、社交界デビューのとき出会った。壁の花になっていた私に声をかけてくれた、優しい女性だ。彼女も〝エール〟が大好きで意気投合し、以降も仲良くさせてもらっている。普段は文通をしていて、面会は月に一回あるかないか。

フロランスは私よりひとつ年下だが、社交界デビューは十四歳のときに済ませていたらしい。家《いえ》柄《がら》がいい貴族の子どもは、早めに結婚相手を決めるため、社交界デビューも早いのだ。

ちなみに、アナベルは私より二年早く社交界デビューを済ませている。私は十七歳のときだったので、この辺でも本家と分家の格差が丸わかりだろう。

「妹さんには、お大事にと、お伝えいただけるかしら」

デュワリエ公爵は、まるで恐ろしいものを目《ま》の当たりにしたような視線を私にぶつけてくる。震え上がるほど恐ろしかったが、アナベルだったら怯《ひる》まないだろう。アナベル様語録を引っ張り出し、必死に言葉を返した。

「あの、わたくし、何かおかしなことを言ったかしら？」

「いいえ、他人から、妹の具合を案じてもらったのは、初めてだったもので」

「これくらい、普通のことかと」

「デュワリエ公爵家に生まれた者に、普通は通用しないのです」

他家へ嫁げないほど病弱な娘を抱えていると、気の毒に思われるようだ。挙げ句、処分に困っているのならば、うちで引き取ろうかと、上から目線でコネクションを結ぼうとする輩《やから》もいるらしい。

「なんて、失礼な人達なの⁉」

貴族の家に生まれた女性が、政治道具として見られるのはよくある話である。きれいなドレスや教養、贅沢《ぜいたく》な暮らしと引き換えに、結婚を務めとしているのだ。

けれど、それができないからと言って、同情されたり馬鹿にされたりする筋合いはまったくない。

「もしも、そういうことを言う輩を見つけたら、わたくしが急所を蹴《け》り上げてさしあげるわ！」

言い切ったあと、ハッとなる。一応、これもアナベル様語録に入っているものだ。

数年前、兄が某家《ぼうけ》のどら息子に「ぼんやり坊ちゃん」と言われたという話をした際に、憤るアナベルが見事に捲し立ててくれた。

上品なお言葉でないことは、百も承知である。だが、病弱な人を悪く言う人は、絶対に赦《ゆる》せない。

恐る恐るデュワリエ公爵を見上げたら、驚いた顔で私を見つめていた。

「あなたはとても、勇敢な女性《ひと》ですね」

そう言って、私の手を引き歩き始める。

勇敢なのは私ではなく、アナベルだが。

まあ、いい。何はともあれ、どうやら大丈夫だったようだ。


〝エール〟の本店は、女性の夢を詰め込んだ内装となっている。

天井からは美しくも優美なクリスタル・シャンデリアがぶら下がっており、床は大理石で、壁は金縁に美しい薔薇《バラ》の壁紙が張られていた。

豪奢《ごうしゃ》な宝石が使われた対《つい》のイヤリングは、ガラスケースに入れられておらず、ごちそうのように白磁《はくじ》のお皿の上に置かれている。

いくつか置かれたテーブルによって、さまざまな陳列のテーマがありそうだ。目の前のテーブルは、晩餐会《ばんさんかい》。隣は社交界デビュー、奥はサロンへの招待、といったところだろうか。

店員は、ドレスにエプロンをまとった姿で出迎えてくれた。年頃は三十前後か。どこぞの貴族出身の奥様だろう。こういう場所の店員は、たいていおじさんだ。なんだか新鮮である。

それにしても、すごい。見渡す限り、〝エール〟の装身具で彩《いろど》られていた。幸せな気分に浸っていたが、店内のピンと張り詰めた空気に気付いてしまった。店員の表情が、妙に強《こわ》ばっている。原因は探《さぐ》らずともわかる。〝暴風雪閣下〟が来店されたからだろう。長居なんてしていたら、店員が凍死してしまう。早めに切り上げなければ。

「気になる品があれば、手に取って触れてもかまいません」

「え、いや、そんな」

「これなんか、あなたに似合うのでは？」

そう言って手に取ったのは、大粒のサファイアがあしらわれた首飾りだ。あろうことか、デュワリエ公爵はそれを手に取って、私の首にかけてくれたのだ。

金のチェーンが首に触れ、ひやりと冷たい。首から提げられたサファイアは、ずっしりと重かった。店員が、姿見を持ってきてくれる。これは、あれだ。一年前に発表された、〝エレガント・リリィ〟の首飾りだ。アナベルも欲しがっていたが、売り切れて買えなかったとぼやいていたのを覚えていた。

じっと、姿見に映った姿を眺める。

確かに、アナベルの派手な化粧をしている私によく似合っている。けれど、軽い気持ちで「買って」とねだれる品ではない。

「こ、これは、わたくしには、あまり、似合っていないような？」

そう言ったら、デュワリエ公爵が私の前に回り込んでくる。じっと、見つめていた。

恥ずかしいので、あまり見ないでほしい。今の私はアナベルなので、言えるわけがないが。

「けっこう、似合っているように思えるのですが」

「お言葉だけ、受け取っておきますわ。とにかく、この首飾りは却下《きゃっか》」

近くにいた店員に命じて、外してもらった。触れて確認したい気持ちはおおいにあったが、私の指紋で宝石の色合いがくすんだら大変だ。

サファイアが私の肌から離れた瞬間、安堵の息をはく。

しかし、ホッとしたのもつかの間のこと。今度は、きんきら輝くダイヤモンドのブレスレットを差し出してきたのだ。

「アナベル嬢は色白なので、ダイヤモンドの輝きがよく映えるかと」

思いがけない言葉に、顔がカーッと熱くなっていくのを感じた。色白だなんて、初めて言われた気がする。アナベルは、よく褒められているのを聞いたことがあるけれど。

両親はともに双子で、遺伝子はほぼ同じ。ならば、私も同じくらい色白なのだろう。その辺はあまり意識していなかったが。

私がたじろいでいる間に、デュワリエ公爵はブレスレットを手首にはめる。指先が手首に触れただけで、心臓がバクバク高鳴ってしまった。

何を隠そう、父や兄以外の男性と十八年間触れ合う経験など一度もなかった。そのため、ほんのちょっと触られただけでも、盛大に照れてしまう。

「いかがです?」

「……」

「お気に召しませんか?」

デュワリエ公爵に顔を覗き込まれたとたん、思考の中にいたのにすべてが吹っ飛んだ。それほど、目の前でさらされた美貌が衝撃的だったから。

現実に生きている人間とは思えない、顔の良さである。おかげで、大好きな〝エール〟の装身具を身につけているのに、なかなか堪能《たんのう》できない。

その後も、デュワリエ公爵は装身具を私につけさせ、じっと確認してくれる。見つめられる度にドキドキして、断る度にチクチクと心が痛んでいた。

〝エール〟のパンフレットを穴があくほど見つめていた故に、ほぼすべて値段を把握《はあく》しているのだ。どれも、おいそれと買ってもらえるような代物《しろもの》ではない。

なんとか何も買わないまま帰りたい。アナベル様語録の中から、言葉をひねり出した。

「もう、疲れたわ。今日はけっこうよ」

デュワリエ公爵は悔《くや》しそうな表情で、私を睨んでいる。そんな顔で見られましても。

この中から選べだなんて、お詫びというレベルではない。もっと、一輪の薔薇とか、ひと箱のチョコレートとか、ささいな品でいいのに。

「まさか、どれも、気に入らなかったなんて……！」

その言葉に、ぎょっとしてしまう。周囲にいた店員も、顔を青くし、ガクブルと震えていた。

「別に、気に入らなかったわけではないわ。ただ、わたくしには、似合わなかっただけで」

店員も、私の言葉にコクコクと頷いている。けれど、デュワリエ公爵の眉間の皺が解れることはない。

「わかりました。一ヶ月……いいえ、一週間後に、あなたに似合う装身具を、用意してみましょう」

「必要ありません‼」

「なぜ⁉」

凄《すご》み顔で聞かれましても。なんだか、装身具を贈ることに自棄《やけ》になっているようにも見える。いや、自棄ではなく、意地か。自尊心が、許さないのだろう。

「とにかく、高価なお詫びなんて、わたくしには必要ありませんわ。あの日のことは、忘れてくださいませ」

「しかし――」

「強引に何かを贈るというのならば、もう二度と会わないようにいたします」

「なっ⁉」

「わたくしにも、自尊心というものがありますので」

言い切ってから、「何を言っているんだ、私は⁉」と気付いてしまう。これをするのは、アナベルのお楽しみだったのに。

だが、もう引き下がれない。私にも、多少なりとも意地がある。

「ごきげんよう」

優雅に見えるよう会釈し、〝エール〟を去る。乱暴に扉を開き、大通りへ一歩踏み出した。ここから歩いて家まで帰るのは、若干《じゃっかん》しんどい。けれど、振り返ってデュワリエ公爵にお願いはしたくなかった。

気合いを入れ、家路に就《つ》こうとした瞬間、背後より腕を取られる。

「待ってください」

デュワリエ公爵の引き留めに対し、振り返って言葉を返す。

「その台詞は、相手の腕を握りながら言うものではありませんわ！」

これで手を離すと思いきや、デュワリエ公爵はとんでもない行動に出る。

私の腕を引いて胸の中に閉じ込め、ぎゅっと抱きしめたのだ。

密着した瞬間、柑橘《かんきつ》系の爽《さわ》やかで甘い香りがスッと鼻孔《びこう》をかすめる。だが、すぐにハッとなって文句を言おうとした。

その瞬間、目の前を小型の馬車が高速で通り過ぎた。

「ひ、ひえええ‼」

思わず、情けない声で叫んでしまう。完全に素になってしまったが、仕方がないだろう。デュワリエ公爵が私を助けなかったら、今頃馬車に撥《は》ねられていただろうから。

「アナベル嬢、急に飛び出していったら、危ないですよ」

「ご、ごめんなさい」

「普段は静かな通りなのですが、今は社交期で、さまざまな者達が行き来しているので」

「は、はあ」

馬車は去り、通りに平穏が戻ってくる。それなのに、デュワリエ公爵は私を抱きしめたまま、解放しない。

「ちょっと、デュワリエ公爵、もう大丈夫ですので、離していただけます？」

「また、馬車に突っ込んでいったら危ないので、捕まえておこうかと」

「わたくしはイノシシではないので、心配無用ですわ！」

「イノシシのほうが、まだ言うことを聞きます」

「な、なんですって⁉」

ジタバタと暴れたが、解放してもらえず。それどころか、抱きかかえられてしまった。

「なっ⁉」

そのまま、やってきたデュワリエ公爵家の馬車に乗せられてしまう。これでは、来たときと一緒である。

シビルが申し訳なさそうな顔で乗り込むと、馬車は動き始めた。

「アメルン伯爵邸まで、送ります」

「ドウモ、アリガトウ、ゴザイマス」

心がこもっていなかったからか、棒読みになってしまった。すると、あろうことか、デュワリエ公爵は私を見ながら笑い始めたのだ。

「あなたは、面白い人ですね」

ぐっ！　と、奥歯を噛みしめる。当初の目的のひとつであった「お前、おもしれー女だな」作戦は成功した。

しかし、私はデュワリエ公爵を笑わせようとしたわけではない。真剣に怒り、逃げようとしていただけである。それを笑われるなんて、屈辱《くつじょく》だ。笑うならば、私のとっておきのネタを見て、笑ってほしいのに。

最初から、こちらの思い通りにできるような人物ではないのだ。メロメロ作戦を実行する私とアナベルが、浅慮《せんりょ》だったのだろう。

もう、止めたい。デュワリエ公爵の婚約者役を。

そんな思いが、荒波のように押し寄せる。なんだか、嫌な予感がするのだ。底なし沼に、片足突っ込んでいるような。危うさすらも、ビシバシ感じている。

帰ったら、アナベルにデュワリエ公爵は冗談が通じる相手ではない。今すぐメロメロ作戦を止めるように訴えなければ。

そんなことを考えていたら、デュワリエ公爵が私の思考を中断させる問いを投げかけた。

「で、次はいつ会えますか？」

会えないと言っても、聞かないのだろう。ならば、こちらにも考えがある。

「百年後、生きていたら、お会いしましょう」

もう会わないという宣告でもあったが、またしても笑われてしまう。

〝暴風雪閣下〟はどこに行ったのだと、問いかけたい。あまりにも楽しげに笑うので、〝小春日和《こはるびより》閣下〟と呼びたいくらいだ。

「楽しげですこと」

嫌味たっぷりに言ったが、効果はまったく感じられない。私を見て、目を細めるばかりである。

初孫を見つめる爺《じじい》かと、突っ込みたくなった。

「なんだか、久しぶりに、笑った気がします」

「デュワリエ公爵の表情筋は、凍っていて動かないものだと思っていたわ」

「よく、言われます」

なんたって、〝暴風雪閣下〟ですから。なんて言葉は、ごくんと呑み込んだ。

「あなたが嫁いできたら、一年中冬のように暗く寒い我が家も、春みたいに暖かくなりそうです」

穏やかな顔で言うものだから、胸がツキンと痛む。

私は、デュワリエ公爵の婚約者アナベルではない。それどころか、婚約破棄をして手酷《てひど》い復讐をしようと企《たくら》んでいる。

「五年前、両親が亡くなってからというもの、喪《も》に服しているような状態が、ずっと続いていて……」

若くして爵位を継いでいるということは、父親を亡くしているのだろうなと思っていた。まさか、母親まで亡くしていたなんて。五年前ということは事故か何かで、同じタイミングで亡くしているのだろう。

その出来事が、デュワリエ公爵の心にほの暗い影を落としていたのだ。加えて、妹さんは病弱で……。

一刻も早く、明るく元気な女性と結婚し、温かい家庭を築くべきだろう。

私とアナベルの茶番劇に、付き合ってもらっている場合ではないのだ。

復讐なんて、止めたほうがいい。けれど、アナベルはやると決めたことは貫《つらぬ》き通す頑固者《がんこもの》だ。

私の訴えを聞いてもらえるか、わからない。

「どうかしました？」

「いえ、なんでも」

不安を抱えたまま、馬車はアメルン伯爵家に到着した。

「では、また」

デュワリエ公爵の言葉に、会釈を返すことしかできなかった。

去りゆく馬車を、シビルと共にじっと見送る。

馬車が見えなくなったのと同時に、疲労感を覚えてぐったりしてしまった。

私の、アナベルになる魔法が解けてしまったのだろう。

いろいろ察してくれたシビルは、私の肩を支えて歩き出す。それはまるで、戦場で負傷した兵士を担《かつ》ぐ戦友のようだった。

私室で待ち構えていたアナベルに、本日の戦果を報告した。

「デュワリエ公爵が笑ったですって？　ミラベル、あなた、ずいぶんと気に入られているようじゃない」

「いや、なんだろう。珍獣《ちんじゅう》を見て笑った感じかなと」

「ちょっと、わたくしを演じているはずなのに、どうして珍獣になるのよ？」

「なんか……ごめん」

謝ることしか、できなかった。アナベルに渾身の力で睨まれたのは、言うまでもない。

第四話目だけれど、アナベル様に口では勝てません！

「ミラベル、どうしたの？　黙り込んで」

「ヒッ！」

デュワリエ公爵は恐ろしいが、アナベルも恐ろしい。

だが、アナベルを前に戦々恐々としている場合ではない。きちんと、自分の考えを伝えなければ。

私の中にある勇気をこの先百年分ほど前借りし、アナベルに申し出た。

「あのね、アナベル。もう、止めない？」

「何を止めるというの？」

「デュワリエ公爵を騙して、婚約破棄することを」

「なぜ？」

「良心が痛むから」

私は必死になって訴えた。デュワリエ公爵は五年前に両親を亡くし、病弱な妹さんと共に毎日喪に服しているように暮らしていると。

アナベルと会った日については、以前見かけたときとあまりにも印象が違ったので、戸惑っていたことも伝える。

「以前見かけたときって、いつの話？」

「私が社交界デビューをした日みたい」

デュワリエ公爵は当時見かけた私を、アナベルと勘違いしていたのだ。

「どうして、わたくしとあなたを見間違えるのよ」

「その頃のアナベルは、化粧が薄かったから、似ていたんだと思う」

顔は似ていても発する雰囲気《ふんいき》が違うから、アナベルに似ていると言われたり勘違いされたりすることはなかったが。

「ねえ、お願い、アナベル。デュワリエ公爵は気の毒な人なの。それに、アナベルを無視したのだって、悪気があったわけではないのよ。だから、許してあげて」

手と手を合わせ、神様天使様アナベル様、と祈るように訴える。

瞑《つぶ》っていた目を開いたら、片方の眉毛をピンとつり上げていたアナベルと目が合った。

あの表情は、私の意見を聞いてくれるものではないだろう。暴君アナベル様が簡単に、「はいそうですか、わかりました」と納得してくれるわけがなかったのだ。

「えっと、デュワリエ公爵は見た目通り冷たいだけの人ではないし、案外、アナベルと話も合うかも？」

「それが、どうしたの？」

「あ、いや、このままアナベルがデュワリエ公爵と結婚するのも、ひとつの手かなと、思いまして」

「冗談《じょうだん》じゃないわ！　絶対にイヤよ！　わたくし、お慕いしている人がいると、伝えていたでしょう？」

「そ、そうだったね。その、ごめんなさい」

けれど、いくら天下無敵のアナベル様が想いを寄せていても、父親がどう思うかが問題である。貴族の結婚は、利害が一致しないとまとまらないのだ。

「ちなみに、アナベルの好きな人って、誰？」

「あなたなんかに、言うわけがないでしょう？」

「デ、デスヨネー……」

アナベルが好意を寄せるくらいだ。きっと海のように懐《ふところ》が深くて、温厚で、気が長く、心優しい人物なのだろう。そんな人物が本当に実在するのであれば、一度会ってみたい。

「あなた、〝エール〟の首飾りは、必要ないの？」

「ほしい‼　ほしいけれど、デュワリエ公爵のお家の事情を知ってしまったら、騙すことなんてとてもできない。ねえアナベル。あなたは兄妹《きょうだい》がいないからわからないだろうけれど、もしもお兄様が病弱だったら、家族である私のことも気の毒に思って、酷い言葉はかけないでしょう？」

「それは、そうね」

兄を出したとたん、急にものわかりがよくなった。

暴君アナベル様も、ぼんやりしている兄には譲歩《じょうほ》した態度を見せる。叶えられないような我が儘も言わない。

「わかったわ。デュワリエ公爵の気を引いたあと、こちらから、婚約破棄をする復讐は、止める」

「アナベル！」

思わず、飛び上がって喜んでしまう。そのまま、アナベルに抱きついて頬にキスをした。

「ありがとう、アナベル。大好きよ」

「いいから、離れてちょうだい。子ども同士のスキンシップではないのだから」

「ごめんなさい。嬉しくって」

もう、〝暴風雪閣下〟の冷たい視線にさらされずとも、よくなったのだ。〝エール〟の首飾りが手に入らないのは、正直に言ったら惜しい。けれど、誰かを騙して手に入れても、複雑な気持ちになるだろう。

「よかった。本当に、よかった」

「でもミラベル、婚約のお断りは、あなたがしてちょうだい」

「え？」

「デュワリエ公爵に、結婚はできないと、直接申し入れるの」

「な、なんで？」

「状況が急に変わったのよ」

「ど、どういうこと？」

アナベルは目をキッとつり上げる。関係ないのに、ぶるりと震えてしまった。

「お父様ったら、信じられないの‼」

「いったい何があったの？」

「デュワリエ公爵ではなく、別の人と結婚させようと、目論《もくろ》んでいたのよ‼」

「別の人って？」

「わたくしと親子ほど歳が離れている、おじさまよ‼」

「うわあ……」

アナベルと伯父は現在、喧嘩中らしい。そのため、ずっと口をきいていないのだとか。

「デュワリエ公爵家と婚約を結んでいる状態なのに別の人との婚約を進めるなんて、絶対にデュワリエ公爵の心証《しんしょう》を悪くしてしまうわ。あの人を敵に回したら、アメルン伯爵家なんてあっという間に没落させられるわよ」

「確かに」

ここで、アナベルがありえない提案をする。

「ミラベルのほうから婚約破棄を申し出て、さらに、デュワリエ公爵から父へ連絡させるようにお願いしてきてくれる？」

「え、無理だよ、無理無理無理！　絶対無理！」

なんでも、アナベルは父に仕返しをしたいらしい。

確かに、デュワリエ公爵が直接やってきて話をするなど、死ぬほど緊張するだろう。

「無理って、どうして？」

「怖いもん」

アナベルは知らないのだろう。全力で冷え切った、〝暴風雪閣下〟の眼差しを。

「でも、デュワリエ公爵のほうも悪い話ではないはずよ？」

「ど、どうして？」

「自分が断った体《てい》で、婚約破棄ができるから。格下の伯爵家から、婚約破棄の申し出があったなんて、自尊心が許さないはず」

「あ、そっか。そうかも」

デュワリエ公爵のほうから婚約を破棄する条件であれば、受け入れてくれるだろう。アメルン伯爵家は歴史の長い名家だが、多くの財産を有しているわけではない。結婚しても、デュワリエ公爵家にとっての旨みは少ないはず。

しかし、しかしだ。婚約破棄を申し出たら、どんな怖い顔をするのか。想像しただけで、全身に寒気を感じ、鳥肌が立ってくる。

そんな私に、アナベルは新たな報酬を提示した。

「婚約破棄を成功させたら、もうひとつ〝エール〟の首飾りをあげるわ。どう？」

「え？」

「あなたが大好きな、エールの首飾りよ。嬉しくないの？」

「嬉しい……でも」

デュワリエ公爵に睨まれ、暴風雪にさらされる私の姿を想像する。とてもではないが、これ以上耐えきれないだろう。

「ごめんなさい、アナベル。もう、無理」

「いいの？　ミラベルにあげようと思っていたのは、現在は販売中止となった品なんだけれど」

「も、もしかして、あの伝説の、流星シリーズの首飾りなの？」

「ええ、そうよ」

販売開始即完売となった、大人気首飾りである。それを、まさかアナベルが所持していたなんて。

「残念ね。わたくしも気に入っていたから、手元に置いておきたかった品だったんだけれど。ミラベルがいらないと言うのならば――」

「ま、待って、アナベル」

「何かしら？」

「そのお話、謹《つつし》んで、お受けします!!」

自分でも驚くほど、やる気に満ちあふれていた。

帰宅後、盛大に自己嫌悪《けんお》する。

また、アナベルの口車《くちぐるま》に乗せられてしまった。落ち込んでしまう。

しかし、身代わりを買って出て、実際にデュワリエ公爵を騙していたのは紛《まぎ》れもなく私自身。決着をつけるのも、私がしなければいけないのだろう。

なんとかしなければと言葉にするのは簡単だけれど、実際に行動に移すのは酷く骨が折れる。心の奥底から、憂鬱だ。

一日中ため息ばかりついていたら、父が〝エール〟の新作パンフレットを持ってきてくれた。また、知り合いに頼んで貰ってきてくれたらしい。しかし、しかしだ。パンフレットは用意してくれても、実際に買ってくれるわけではない。「同情するなら、〝エール〟のネックレスを買ってくれ！」と訴えた。けれど父は「母さんの馬を買ったばかりだから、お金がなくて……」と、いつもの言葉を返す。パンフレットだけ貰いにいく行為は、恥ずかしくないのだろうか、と怒ってしまった。それを聞いた父は、シュンと肩を落とす。

いつもだったら、〝エール〟のパンフレットで元気になるのに、効果がなかった。そう父から聞いたのだろう。母は私物のドレスを仕立て直したものを、持ってきてくれた。

私のドレスのほとんどは、母が昔着ていたお古である。毎シーズンドレスを買い換えるお金など、我が家にはない。

かつて母が着ていた薄紫《うすむらさき》色のドレスは、父との結婚が決まったときに仕立てたものだ。きれいな色合いで、ずっとこのドレスで仕立て直しをしてくれと、お願いしていたのだ。

しかし、母は「これは思い出のドレスだから」と言って、なかなか譲ってくれなかった一着である。古い意匠だったものが、今風のフリルとリボンたっぷりのドレスに生まれ変わっていた。パッと見る限り、仕立て直した昔のドレスには見えないだろう。

けれど、荒《すさ》んだ心を持て余していたので、ドレスを貰っても嬉しくなかった。

母は来月にあるアナベル主催のお茶会にでも着ていったらと勧めた。けれど、招待されていない。私がアナベルの身代わりを務めるからだ。誰も、私が参加していなくても、気付かないのである。それほど、アメルン伯爵家のミラベルは影が薄いのだ。

そうでなくても、このドレスを着ていったら、コソコソ陰口《かげぐち》を叩かれてしまうだろう。最近の流行の色合いは原色だ。柔らかで淡い色合いのドレスは、時代遅れなのだ。いくら意匠を変えても、生地の色だけはどうにもならない。

ドレスを広げて見せる母を前に、ため息を返してしまった。

兄までも、私を心配してやってくる。クマのぬいぐるみと、お菓子を持ってやってきたのだ。給料日だから奮発したと、いつものおっとりした様子で語っている。

クマのぬいぐるみを喜んでいたのは、私が十歳くらいのときだ。初任給を受け取った兄が買ってきてくれたのを、覚えている。そのとき大喜びしていたからだろうか。小さな子どもが喜びそうな、

ふかふかのぬいぐるみを私に差し出してきた。

兄は私のことを、いったいいくつだと思っているのだろうか。受け取らずにぷいっと顔を逸らしたら、兄はシュンとしたような声で「気に入らなかったか」と呟いていた。

本日何度目かもわからないため息をついてしまう。私の家族は、盛大にズレているのだ。

こういうときは、構わずに放っておけば自然と元気になるのに。

兄は「何かほしいものがあるのかい？」と聞いてくる。私の欲しい物なんて、決まっている。

〝エール〟の装身具だ。そう答えると、兄は困ったように眉尻《まゆじり》を下げていた。

薄給の兄では、とても買える代物ではないだろう。

ひとりにしてと言うと、兄は黙って出て行った。

なんとなく罪悪感を覚え、胸がジクリと痛む。けれど、追いかけて謝る気にはなれなかった。

一時間後、シビルがやってきた。デュワリエ公爵から手紙が届いたらしい。私は彼女までも、追い返してしまう。

彼女にまで、きつい言葉をぶつけてしまいそうだったから。

今日は一日部屋に引きこもっておこう。そう決意していたのに、アナベルの襲撃を受けてしまう。

「ミラベルッ‼」

「ヒエエッ‼」

どすの利いた声で名前を叫ばれ、恐怖から全身に鳥肌が立った。

鍵をかけていたのに解錠され、アナベルは私の部屋にドスドスと大股《おおまた》で接近してくる。

「あなた、何様なの⁉」

「何様でも、ないけれど」

デュワリエ公爵からの手紙を受け取らなかったことを、怒っているのだろう。私にだって、アナベルの身代わりをしたくない日もある。そう訴えたが、「違う！」と怒られてしまった。

「あなたはどうして、家族をないがしろにするの⁉」

「へ？」

「さっき、ベルトルトがしょんぼりしていたわ。ミラベルは、家族総出で機嫌を取っても、元気にならなかったと！」

「いや、だって、私にも機嫌が悪い日はあるし」

「でも、家族に対して怒っているわけではないでしょう？」

「それは、まあ、そうだけれど」

「だったら、八つ当たりなんて馬鹿げたことをしないでちょうだい！」

胸が、ズキリと痛んだ。みんな、私を心配して、いろいろしてくれたのに。アナベルの言う通り、八つ当たりをしてしまった。

どうして、素直に「ありがとう」と言えなかったのか。涙が、じんわりと溢《あふ》れてくる。

「だいたいね、ミラベルは、自分勝手なのよ！　家族の愛を、当たり前のように思っているところがあるわ！」

「家族の愛は、当たり前にあるものでしょう？」

「違うわ‼」

アナベルはヒステリックに叫ぶように、激しく否定した。

「お父様は、わたくしを政治の駒《こま》としか思っていないわ。お母様も、お父様の機嫌を取ることに忙しくて、わたくしをほとんど無視しているし……。誰も、本当のわたくしを、見ていないのよ」

「アナベル……」

知らなかった。アメルン伯爵家の本家が、そんな状況だなんて。てっきり、アナベルも私と同じように、家族に愛されて育ったのだと決めつけていた。

「ベルトルトは、ずっとあなたのことばかり気にしているのよ？　いっつもいっつも、ミラベルミラベルって言って、鬱陶《うっとう》しいったらないわ‼」

「お兄様……」

「あなたはね、贅沢なのよ！」

指摘されて気付いた。私達は、ないものねだりをしていたのだろう。

私はアメルン伯爵家の本家の財力を羨ましく思い、アナベルはアメルン伯爵家の分家の家族愛を羨ましく思っていた。

「ミラベル。あなたも、わたくしのことを、馬鹿にしているのでしょう？」

「え？」

「わたくしの振りをするのを、猿真似《さるまね》か何かだと、思っているんでしょう？」

あろうことか、アナベルは涙を流しながら、問いかけてくる。

アナベル様の目にも涙……ではなくて。まさか、そんなふうに思っていたなんて。

私はすぐさま、アナベルを抱きしめる。

「そんなわけないじゃない！　私は、アナベルが大好きだから」

「嘘よ！」

「嘘じゃない‼　大好きだから、アナベルの真似を、したくなるの‼」

以降は、会話にならなかった。ふたりして、大泣きしてしまったからである。


互いに励まし合い、なんとか落ち着いたあと、アナベルはぽつりと呟く。

「わたくし、ずっと、ミラベルみたいになりたいと、思っていたのよ」

「ええ〜〜……」

「何よ、その反応は。失礼ね。単純に、家族に大切にされているミラベルが、羨ましかっただけなんだから！」

家は本邸の四分の一の規模、父や兄は王族のお馬さん係、母は馬のことで頭がいっぱいで、浮き世離れしている。この家のどこに、羨む要素があるのか。

「私のほうこそ、アナベルが羨ましかったわ」

「ミラベル……あなた、それ、本気で言っているの？」

「うん」

きれいなドレスを一日に何回も着替えて、取り巻きにチヤホヤされて、おいしいお菓子を食べられる。夢のような生活だろう。

「あなたね、ドレスの着替えなんて、面倒なだけよ。取り巻きだって、わたくしを慕っているわけではなく、アメルン伯爵家の権力に従っているだけなんだから。お菓子も、ここの家で出てくるミラベルとベルトルトのばあやが作ったもののほうがおいしいわよ」

「そ、そう？」

私が当たり前だと思っていることを、アナベルは羨む。

逆にアナベルが当たり前だと思っていることを、ミラベル《わたし》は羨んでいるのだ。

なんというか、生まれた家を間違った感がある。

「私が羨ましいのならば、アナベル、逆にあなたが、私の振りをするのはどう？」

「無理よ。あなたの脳天気《のうてんき》な様子は、真似なんかできないわ」

「そうだろうから、身代わりについて、家族に相談するの」

「家族って、ミラベル、あなたの？」

「ええ、そうよ」

「本気なの？」

「本気」

「叱《しか》られるに決まっているわ」

「大丈夫。うちの家族は、真剣に考えてくれるわ」

昔からそうだ。私がズボンを穿《は》いて木登りしたいと言ったときも、男の子に交じって軍人ごっこをしたときも、両親や兄は私の行動を責めなかった。私のしたいことを、尊重してくれたのだ。

「木登りに軍人ごっこですって？　信じられないわ」

「でしょう？」

両親は私を「女だから」とか「女らしく」と咎《とが》めなかった。逆に兄にも「男だから」とか「お兄ちゃんだから」と、我慢《がまん》させることもしなかったのだ。

今の時代に珍しい、寛大で極めて平等な考えを持っている。

まあ、馬マニア夫婦だけれども。

「同じ双子の両親でも、こんなにも違うのね」

「みたい。なんだろう、類は友を呼ぶ的な感じで、好きになったのかなと」

だから、天然な母は天然な父に惹《ひ》かれ、野心ある伯母《おば》は野心ある伯父に惹かれたのだろう。

「まずは、家族に今日のことを謝らないといけないわ。アナベル、ちょっと待っていてくれる？」

「ええ、わかったわ」

家族は居間に集まり、何やら話し合いをしていた。私がやってきて先ほどのことを謝罪すると、ぎょっと驚いた表情を見せている。

「あら、内緒の話をしていたの？」

「い、いや、これは！」

父は不審なくらい、慌てていた。テーブルを覗き込むと、〝エール〟のパンフレットと、金貨が数枚集められている。

兄は肩をすくませながら、事情を語った。

「みんなのへそくりを集めて、ミラベルに〝エール〟の首飾りを買ってあげようかと、話し合っていたんだ」

素直に告白した兄を、母が責める。

「でも、母上。隠し事をしたら、ミラベルが不審に思うでしょう？」

「それは、そうだけれど」

私がいつになく不機嫌だったので、なんとかしようと話し合っていたようだ。

ジーンと、胸が熱くなる。

お金がないのに、私のために頑張って〝エール〟の首飾りを買おうとしていたなんて。

子どもっぽく、拗《す》ねてしまった自分を恥ずかしく思った。

家族は、こんなにも私を愛し、大切にしてくれる。我が儘を言って、困らせてしまった自分を恥ずかしく思った。

「心配をかけて、ごめんなさい」

素直に謝ったのに、逆に不審がられる。具合でも悪いのでは、熱でもあるのかと、心配されてしまった。

「別に、八つ当たりしてしまったのを、反省しただけだから！　私が、不機嫌だった理由を、すべて話すわ」

両親は頭上に疑問符を浮かべていた。兄だけは、何かピンときたのだろうか。腕を組み、真剣な眼差しを向けている。

「実は私、たまにアナベルの身代わりを務めていたの」

「なんだって⁉」

「ミラベル、どうしてそんなことを⁉」

両親は目が飛び出そうなくらい、驚いていた。

「黙っていて、ごめんなさい」

アナベルが社交界の付き合いにうんざりしていたこと。逆に私は、社交界の付き合いに興味があったことを、素直に告げる。今までバレなかったことも。

兄は特に驚いていなかった。たまに、アナベルの身代わりをしていると、気付いていたらしい。

「ベルトルト、なぜ、報告しなかったんだ！」

「単に、子どものするごっこ遊びだと思っていたから。悪いことは、していないと信じていたし」

幼少期に、アナベルと服を入れ替える遊びをしていた。その際、どれだけ頑張ってアナベルの振りをしても、兄だけは騙せなかったのだ。

おそらく、世界で唯一、私とアナベルの見分けを正確に行える人なのかもしれない。

いや、デュワリエ公爵も、私とアナベルの違いに気付いていたが……。

そうだ、デュワリエ公爵についても、話さなければ。ここからが本題である。

「あ、あのね、それで私、アナベルに、デュワリエ公爵の婚約者の代理もするよう、頼まれていて」

父は天井を仰《あお》ぎ、母は顔を両手で覆《おお》う。いくら両親が寛大でも、想定外のものだったのだろう。

説明するにつれて、父は絶望したような「ああ……」という声しか発さなくなる。母は耳を閉じ、聞かない振りをしていた。

「そんなわけで、デュワリエ公爵の気を引いたあと婚約破棄する予定だったけれど、中止になったの。後日、婚約破棄の申し入れは、私が直接することになって、今に、至ると」

シーンと、静まり返る。私とアナベルのとんでもない行動力に、言葉を失っているようだ。

静まりかえる中で、父がポツリと望みを口にした。

「もしも、処刑を命じられたら、馬の墓場に一緒に埋めてもらおう」

「あなた、私もご一緒するわ」

「父上、母上、私も」

なぜ、処刑されたときについて話し合っているのか。いくらデュワリエ公爵が〝暴風雪閣下〟と呼ばれていても、罪もない家族の首を飛ばさないだろう……たぶん。

悲観的になる家族を前に、私も自棄《やけ》っぱちになる。

「わ、わかった。デュワリエ公爵にも、本当のことを告げて、ごめんなさいって謝ったらいいんでしょう？」

そう叫ぶと、泣いている振りをしていた父の動きがピタリと止まった。立ち上がって私のほうへとやってくると、ガシリと肩を掴まれた。

「お父様、何？」

「ミラベル、それは、止めたほうがいい」

「どうして？」

「世の中には、正直に告げないほうがいい嘘もあるからだ」

母と兄も、同じ考えのようだ。神妙《しんみょう》な表情で頷いている。

「もしも、アナベルの誘導で今回の計画が実施されたとなれば、デュワリエ公爵はアメルン伯爵家の本家を罰するだろう」

その一言で、父が顔面蒼白《そうはく》になりながらも忠告した理由を察する。

「アメルン伯爵は、デュワリエ公爵家にアナベルを嫁がせる気はない。その話は聞いていたか？」

「え、ええ。アナベルが、話していたわ。なんでも、公爵家に嫁げるほどの持参金を用意できないとかで」

「それもあるが、どうやら別の家の者と結婚させて、社交界での立ち位置を変えようとしているらしい」

その話は先ほどアナベルから直接聞いた。問題は、アナベルが誰と結婚するか、である。

「それで、アナベルはどなたと結婚するの？」

「フライターク侯爵《こうしゃく》家の、現当主だ」

アナベルの結婚相手を聞いて、驚いてしまう。貴族名鑑を頭の中に叩き込んでいるため、すぐにピンときたのだ。

フライターク侯爵といえば悪辣《あくらつ》な政治をし、貴族以外の者達を人とは思わない思想を持っていることで有名な人だ。年も三十八歳と、親と子ほども離れている。アナベルが、そんな人と結婚するなんて。

「でも、どうして伯父様は、デュワリエ公爵ではなく、フライターク侯爵を結婚相手として選んだの？」

「おそらく、第二王子派のフライターク侯爵が結婚を機に仕事面で優遇するとか、提案したのだろう。一方で、デュワリエ公爵は身内を贔屓《ひいき》するような人物ではないからな。その分、国王陛下からの信頼は厚い人物ではある」

「そう……」

確かに、デュワリエ公爵は変わっているが、自分の正義感のもとに動いているような頑固さはビシバシと伝わっていた。

フライターク侯爵については、噂でしか聞いたことがないのでよくわからない。

現在、国王派と第二王子派で、王宮内がよくない雰囲気らしい。

どちらにつくか宣言するのは、大変危険だと。

「とにかくだ。ミラベルの仕事は、穏便《おんびん》にデュワリエ公爵と婚約破棄すること」

「え、ええ。でも、そうなったら、アナベルはフライターク侯爵と、結婚、するのでしょう?」

父は渋面《じゅうめん》を浮かべ、押し黙る。アメルン伯爵家と、フライターク侯爵家の結婚には、賛成できないのだろう。結婚は貴族の義務だ。贅沢な暮らしが与えられるほど、結婚の責任は重くなる。わかっていたけれど、いざ直面すると、理解しがたい感情が心の中から溢れてきた。

「アナベルを、呼んでくる」

「ああ」

アナベルを交え、今後について話し合う。

フライターク侯爵の名前を出すと、アナベルは表情を歪め、唇《くちびる》を噛みしめながら俯《うつむ》く。ひとりで抱え込み、辛《つら》い思いをしていたのだろう。私達はアナベルの仲間だ。そう言うと、アナベルは瞳を潤《うる》ませていた。

驚いたことにアナベルは殊勝《しゅしょう》な様子で謝罪していた。身代わりについては自分が言い出したことなので、私に責任はないとも。うっかり、泣きそうになる。

アナベルが私の振りをするという話も、あっさり受け入れた。

「ミラベルみたいに、愛らしくふるまえないとは思うけれど」

いつ、私が愛らしくふるまったというのだ。今日のアナベルは、なんだか猫を被っているように感じた。

「別に、ミラベルと同じようにふるまわなくてもいい。アナベルも、娘みたいなものだから」

父の言葉に、アナベルの瞳はウルウル潤んでいるように見えた。


夜――アナベルが帰りがけに押しつけたデュワリエ公爵からの手紙を渋々読む。

そこには、驚くべき内容が書き綴られていた。

なんでも、妹に紹介したいと。最近は具合がいいらしく、起き上がって散歩に出かけるまで快方に向かっているらしい。

非常にめでたいが、これから婚約破棄するというのに、会ってもいいのだろうか。

頭を抱え込んでしまう。

しかしまあ、私と会うことで妹さんも気分転換になるのかもしれない。

どうするかは、一度アナベルに聞いたほうがいいだろう。返事は保留だ。

手紙を書き終えたら、すぐにベッドへ潜《もぐ》り込む。明日は、親友フロランスと久しぶりに会うのだ。

彼女もデュワリエ公爵の妹同様病弱で、あまり会えない。

父からもらった〝エール〟のパンフレットを持って行って、新作について話さなければ。

今日一日、いろいろあったものだから、すぐに瞼《まぶた》が重くなる。

明日は楽しい一日でありますようにと、願いを胸に就寝した。

◇◇◇

親友フロランスと会うのは、貴族女性に人気の喫茶店〝ジョワイユーズ〟。

驚いたことに、〝ジョワイユーズ〟はすべて個室なのだ。

毎日予約でいっぱいだけれど、フロランスは難なく予約して部屋を確保してくれる。以前、私がアナベルと一緒に行くために予約しようとしたら三ヶ月待ちだった。

フロランスはいったい何者なのか⁉

というのも、実は、私はフロランスの家名すら知らない。出会ったときに、「家柄など関係なく仲良くしてください」と言われたために、互いに名乗っていないのだ。

まあ、相手の家名を知らなくても、今まで困ったことなど一度もない。毎回、楽しくお喋りをするまでだ。

時間ぴったりに〝ジョワイユーズ〟に到着した。

白亜《はくあ》の壁に、青い屋根が特徴の、可愛らしい外観を見上げる。青空に映えるお店だ。

店内に入ると、名乗らずとも「ミラベル様、いらっしゃいませ」と声がかかり、フロランスの待つ部屋まで案内された。

扉が開いた瞬間、フロランスが立ち上がって春の訪れを告げるミモザのような微笑みを浮かべてくれる。

「ミラベル、お久しぶりです！」

鈴の音のような、澄んだ美しい声で話しかけてくる。私はどちらかといえば地声は低いので、羨ましくなってしまうのだ。

フロランスは、驚くほどの美少女である。個人的に、人間界に舞い降りた妖精だと思っていた。絹のような銀髪をおさげの三つ編みにし、輪っかにして結んでいる。アメシストの瞳は、吸い込まれそうなほどきれいだ。背は私よりも小さく、守ってあげたいタイプである。

そんなフロランスは、感極まったように言った。

「ミラベル、会いたかったです！」

「私もよ！」

フロランスのもとへと駆け寄り、腕を広げた彼女をぎゅうっと抱きしめる。

これまで心配になるほど痩《や》せていたが、少しふっくらしてきているのか。顔色も、すこぶるよい。

「フロランス、よかった。元気そうね」

「はい！　最近は、体の調子がよくて」

目の下のくまも、目立たない。以前会ったときは、顔は真っ青で、唇は紫がかり、頬は痩《こ》けていた。今日のフロランスとは、同一人物とは思えない。

「病《やまい》って気から起きるっていうのは、本当なのですね。最近、家が明るくなったんです。その効果か、体調もどんどんよくなって」

「まあ、そうなのね。よかったわ」

「ありがとうございます、ミラベル」

フロランスは幼い頃から病弱だったようだが、ご両親が事故で亡くなったのをきっかけに、体調を崩《くず》しやすくなった。

家族は五つ年上のお兄さんだけ。伏せりがちなフロランスを心配するあまり、自分まで塞《ふさ》ぎ込んでしまうような繊細な人らしい。

家の中は年がら年中喪中なのかと思うくらい、暗かったようだ。そんなフロランスの家が、明るくなったと。ついでにフロランスの体調もいいので、いいことずくめだろう。

「何か、きっかけがあったの？」

「お兄様の婚約が決まったのです」

「あら、そうなの？　おめでとう！」

「ありがとうございます。家と家の関係を結ぶ政略結婚ですけれど、お兄様は婚約者にとても夢中みたいで」

「それは、すばらしいわね」

「はい！」

政略結婚に、愛はない。たいてい、夫婦中は冷え切っている。子どもができたら、互いに愛人を作ってあとはご自由に、なんて夫婦も珍しくない。

「お兄様の表情も、ずいぶん優《やさ》しく、明るくなりました。ずっと、表情が暗かったから、嬉しく思っています」

「すてきね」

政略的な結婚でも、相手を尊敬し、慈《いつく》しみ、愛することができたら幸せだろう。

私は、いったい誰と結婚するのだろうか。

その前に、兄の結婚が先だろうが。父は兄の結婚相手探しすら、難航させている。私はいつ結婚できるのやら、という感じである。

「今度お兄様が、婚約者を紹介してくれるようで、とっても楽しみなんです」

「そう」

「でも、不安な面もありまして」

「それはどうして？」

「私を、お気に召してくださるかどうか……」

フロランスのお兄さんを明るくしてくれるような人だ。きっと、フロランスも可愛がってくれるだろう。

「嫌われるとか、好かれるとか、考えなくても大丈夫だから。ありのままのフロランスでいたら、きっと、大好きになってくれるはず」

「ミラベル……ありがとうございます」

フロランスのお兄さんだけではなく、フロランス自身も、幸せになってほしい。いつか、彼女に白馬の王子様が迎えに来てくれることを、心から願っていた。

「お兄様の結婚相手は、ミラベルがぴったりなんじゃないかって、思っていたんです」

「光栄なことを考えてくれていたんだ」

「はい！　ミラベルと姉妹になって、一緒に暮らせるなんて、素敵でしょう？」

「毎日、楽しいに決まっている！」

フロランスはかなり本気で、私とお兄さんの仲を取り持とうと思っていたらしい。

彼女のお兄さんなので、きっと妖精のような美貌をお持ちなのだろう。今度夜会に参加していたら、こっそり教えてほしい。

「元気になったら、と思っていたのですが、お兄様が運命の相手を見つけるほうが、早かったようで」

「きっと、フロランスのお兄様は私の運命の相手ではなかったんだと思う」

「そう、ですね」

前置きはこれくらいにして、先日もらった〝エール〟のパンフレットを広げて見せる。

「ねえ、フロランス、この新作、とってもすてきじゃない？」

「ええ！　私も、そう思っていたんです！」

お茶とお菓子、それから〝エール〟のパンフレットを囲み、私とフロランスは三時間もしゃべり倒したのだった。

最後に、フロランスから驚きの提案を受ける。

「あの、ミラベル」

「何？」

「今度、ミラベルを、お兄様に、私の大切な親友ですと、紹介したいのですが、よろしいでしょうか？」

「ええ、もちろん」

「ありがとうございます！」

天使みたいに愛らしいフロランスのお兄さんだから、きっと同じように優しそうな人なのだろう。会えるのが、楽しみだ。

「では、また」

「ええ、ごきげんよう」

楽しいひとときは、あっという間に終わった。

帰宅すると、私の部屋にアナベルが「私が主《あるじ》です‼」みたいな顔でどっかり座っていた。

「ちょっと、遅いじゃない！　どこをほっつき歩いていたのよ！」

「す、すみません」

約束をしていたわけではないので、怒られる筋合いはまったくない。それなのに、なぜか謝ってしまう。これも、暴君アナベル様の絶対王権なのか。恐ろしや。

テーブルの上には、黄色いフリージアの花束と手紙が置いてあった。

「アナベル、それ、何？」

「デュワリエ公爵からのお手紙と花束よ。もちろん、あなた宛だから」

「へー……え⁉　な、なんで？　まだ、返信を送っていないいんだけれど？」

「あなたが返信しないから、催促の手紙ではなくて？」

「そ、そんな……。まだ、一日しか経っていないのに」

手紙の内容は、今すぐにでも妹を紹介したいので会える日を指定してほしい、というものだった。

なんていうかデュワリエ公爵様、暇なのですか？

「ねえ、ミラベル。どうして早く返事を出さないの？　一刻も早く、婚約破棄をしなければいけないのに」

「えっと、そう、だよね。いや、ちょっとアナベルに聞きたいことがあって」

「何よ?」

「デュワリエ公爵から、妹を紹介したいっていう手紙が届いたの。その、会わないほうがいいわよね?」

「当たり前じゃない。本当に結婚するわけではないのだから、会う必要なんて欠片《かけら》もないわ」

「だよね」

心苦しいが、お断りの手紙を出さないといけない。

はーー……と、特大のため息が出てしまう。どうして、アナベルではなく、私が婚約破棄をしなければならないのか。

「婚約破棄も、手紙でしたらダメ? っていうか、アメルン伯爵がお断りするのを待つのはダメなの?」

「ダメよ。お父様はきっと、婚約破棄するときは政敵としてお断りするはずよ。その事態は、避けなければならないの。お父様は、わかっていないのだわ。デュワリエ公爵家を敵に回すということが、どういうことなのかを」

政敵になった状態で婚約破棄すると、デュワリエ公爵の心証《しんしょう》を害してしまう。国王派ではありませんと、大々的に宣言するようなものだという。

迅速《じんそく》に、穏便に婚約破棄をしなければならないようだ。

「いやいや、穏便な婚約破棄って、どうするの？」

「そこがあなたの、腕の見せ所でしょう？」

アナベルみたいな一流貴族令嬢だったら、穏便な婚約破棄とやらもできるだろう。

私みたいな三流貴族令嬢には、難しい任務である。

「妹と会う話は保留にして、直接お会いなさいな」

「そ、それがいいかもしれない」

手紙だと、トゲトゲしくなってしまいそうだから。

乗り気ではないが、話があると手紙に認《したた》めて会うこととなった。

第五話目だけれど、公爵様に婚約破棄をします（※たぶん）

三日後、私はデュワリエ公爵をとある喫茶店に呼び出した。

大衆向けの、人の出入りが多い喫茶店である。

デュワリエ公爵御用達《ごようたし》の〝シュシュ・アンジュ〟や、フロランスお気に入りの〝ジョワイユーズ〟なんて予約できるわけもなく。

デュワリエ公爵みたいな、美貌の貴公子が出入りすることなど、普段は絶対ないのだろう。女性だけでなく、男性からも熱い眼差しを受けていた。

これも、私の作戦である。こんな人の多い所に呼び出して、我慢ならない。結婚相手として相応《ふさわ》しくない！　みたいに、デュワリエ公爵のほうから婚約破棄をしてくれる流れにならないか期待しているのだ。

しかし、しかしだ。先ほどから、注目をこれでもかと浴びているのに、平然と紅茶を飲んでいた。

けれど、平気なわけがない。きっと、我慢をしているのだろう。一応、わざとらしく謝っておく。

「あの、ごめんなさい。このような、賑《にぎ》やかな場所に、呼び出してしまって」

「いいえ。あなたと会えるのならば、どこでもかまいません」

思いがけない甘い言葉に、顔がカーッと熱くなってしまった。

デュワリエ公爵は生真面目《きまじめ》に、婚約者との付き合いをしているだけなのだろう。他意はない。

なんだろうか、この、攻撃しているのに、まったく効いていない感があるのは。

負けてはいけない。

次なる作戦は、決まっている。

まず、注文したケーキを平らげ、店員を呼んでさらに三つのケーキを注文した。

社交界では、もりもり食べることは上品ではないと囁《ささや》かれている。

ケーキを追加で三つも頼んでいたので、デュワリエ公爵は切れ長の目を見開き、瞳をまんまるにして驚いていた。

「ごめんなさい。わたくし、ケーキは四切れも食べられますの」

胸を張って、主張する。大食いの婚約者なんて、お断りだろう。

ケーキが運ばれてくる。一度に四つも食べるなんて、夢みたい。甘いものは大好物なので、ペロリと食べてしまった。

「驚きました。まさか、本当に食べるなんて」

「まだ、二切れは食べられそうですが、止めておきますわ」

四切れ食べきった時点で、かなりはしたないだろう。ちらりと、デュワリエ公爵を見る。

「健康的で、いいかと」

「は⁉」

思わず素に戻り、聞き返してしまった。四切れもケーキを食べる女の、どこが健康的なのか。

「私の病弱な妹は、ケーキを半切れしか食べられません。その様子を見ていたので、あなたの食べっぷりに頼もしさを感じてしまいました」

「あら…………そう」

失敗した。大食いケーキ作戦が失敗するなんて。かなり自信があったが、まさか評価されてしまうとは思いもせず。

ケーキを余裕で四切れも食べたからか、「あの女、何者なんだ？」という視線が突き刺さる。群衆その一でいたいのに、自分から目立つ行動をしてしまった。

「出ましょう」

「え、ええ」

デュワリエ公爵が用意していた馬車に乗り込む。これ以上、お店で注目を浴びるのはいたたまれなかったので助かった。

窓の外を眺めていたら、アメルン伯爵邸へ続く道を通過してしまった。

「あの、わたくしの家は、さっきの通りを曲がったところだったのですが？」

「なぜ、もう帰ろうとしているのです？」

「いえ、だって、目的は済ませたので」

「ケーキを四切れ、食べたことですか？」

「……」

返す言葉が見当たらない。黙っていたら、笑われてしまった。

「お、お腹《なか》が、空いていましたの。普段は、こんなに食べるわけではありませんわ！」

「アナベル嬢、どうしてあなたは、そんなにお腹が空いていたのですか？」

「そういう日も、あるでしょう？」

「そう、でしょうか？」

「ええ！」

ケーキを四切れも食べたことが、今更《いまさら》面白くなったのか。

今日も、デュワリエ公爵は〝暴風雪閣下〟ではなく、〝小春日和閣下〟だ。

こんな朗《ほが》らかに笑う人だなんて、知らなかった。

もう、『お前、おもしれー女』作戦は終わっているというのに。

デュワリエ公爵の笑顔《えがお》に見とれているうちに、馬車が停まる。

「どちらに行かれますの？」

「我が家です」

私はとんでもない場所に、誘われていた。

目の前には、荘厳なお屋敷が佇む。思わず、目眩《めまい》を覚えてしまった。

それにしても、酷いものである。私の意思を確認せずに、自分の家に連れてくるなんて。ソフト誘拐《ゆうかい》だろう。

恐ろしくて、窓の外の景色なんて確認できるわけもなく。

「妹が、待っています」

「ちょっと！　問答無用で連れてくるとは。わたくしの都合を、まったく考えていないのでは？」

「忙しいのですか？」

「ええ、とっても！」

「ならば、五分で済ませます」

そこまでして、私を妹に会わせたいのか。

「以前も話しましたが妹は病弱で、社交界にも知り合いが少ないので、話し相手になっていただけたらと考えていたのですが」

〝病弱〟という言葉に、フロランスの姿を重ね合わせてしまう。

具合が悪い日は起き上がることもできず、ただただ天井を眺めて過ごしていた、なんて話も聞いた覚えがあった。

デュワリエ公爵の妹も、そんなふうに時間を過ごしているのか。

私が会うことで、少しでも気が紛れるかもしれない。

「わかりましたわ。少しだけなら」

「ありがとうございます」

あろうことか、デュワリエ公爵は深々と頭を下げたのだ。あの、天下のデュワリエ公爵が、小娘ひとりにつむじを見せるなんて。

おそらく、国王陛下をはじめとする王族以外で、デュワリエ公爵のつむじを見たのは、私以外いないだろう。

ちなみに、きれいな左巻きでした。

「こんなことになるのなら、お近づきの印くらい、用意したかったのですが」

「お気遣いなく。アナベル嬢が来てくれただけでも、十分喜ぶかと」

「だと、よいのですが」

デュワリエ公爵の妹は、どんな人なのか。あまり、夜会にも参加していないらしい。

会う前に、軽く話を聞いてみる。

「妹さんは、どんなお方ですの？」

「控えめで、とても、おとなしいです」

「そう。どんなものが、好きなのです？」

「好きなもの……。ああ、〝エール〟の宝飾品を、とても、気に入っています」

「でしたら、話が合いそうですわ！　よかった、わたくし、人見知りするから、心配で」

「夜会で、大勢の人を連れ歩いていた人が、人見知り？」

「そ、それは！」

そうだ、アナベル様は社交性に優《すぐ》れている。社交界デビューで、壁の花をしていた私とは違うのだ。うっかりしていた。自分語りをしてしまうなんて。

「夜会のときは、わたくしが呼び寄せたのではなく、自然と、集まった方ですので」

「そうですか」

「それよりも、早く行きましょう！　妹さんが、待っているはずですわ」

馬車から降りて、一刻も早く妹のもとへ連れて行くよう急かした。

デュワリエ公爵家の扉は、見上げるほどに大きく、重厚なものだった。何も言わずとも、使用人が開いてくれる。

玄関《エントランス》はピカピカに磨かれた大理石が敷き詰めてあり、鏡のように姿を映してしまいそうなほどきれいだ。

天井からは、大粒の水晶があしらわれたシャンデリアがつり下がっている。

見とれていたら、白亜の螺旋《らせん》階段から、ひとりの女性がゆっくりと下りてきた。

「お兄様、おかえりなさいませ」

リンと、鈴の音のような美しい声が聞こえた。私の体が、ぶるりと震える。

なぜかと言えば、その声は聞き覚えがあったから。

トン、トンと軽《かろ》やかな足音を鳴らし、デュワリエ公爵を「お兄様」と呼んだ女性が下りてくる。

絹のような銀色の髪をサイドに編み込みを入れてリボンで結んだ、アメシストの瞳の美少女だ。

その姿にも、見覚えがあった。彼女は、私の大親友、フロランスである。

フロランスが、デュワリエ公爵の妹⁉

そういえば、髪色と瞳の色が同じだ。銀色の髪なんて珍しいのに、どうして気付かなかったのか。

フロランスの髪色は白に近く、デュワリエ公爵の髪色は灰色に近い。

瞳の色だって、フロランスは薄い紫色で、デュワリエ公爵は濃い紫色だ。印象が、まるで異なる。

驚いている場合ではない。私はミラベル・ド・モンテスパンとしてではなく、アナベル・ド・モンテスパンとしてここにいるのだ。早急に手を打たないといけない。

たぶん、堂々としていたらばれないだろう。他人だと、押し切る作戦を実行しなければ。

アナベル全開で、挨拶《あいさつ》する。

「ごきげんよう」

「あ、えっと、ごきげんよう」

フロランスは私を見て、少しだけ怯《おび》えた様子で言葉を返す。

アナベルの濃い化粧のおかげで、ミラベル《わたし》だと気付いていないようだ。そのへんは、ホッと胸をなで下ろす。

「はじめまして、わたくしは、アナベル・ド・モンテスパンですわ」

「はじめまして。私は、フロランス・ド・ボードリアール、と申します」

手を差し出すと、フロランスは恐る恐るといった様子で握り返してくれた。

心の中で、百万回謝る。大親友に嘘をつかないといけないなんて、胸がズキズキと痛んだ。

バレないか心配だったが、フロランスは私を見ようとしない。

怖いよね、アナベル……。ものすごく、わかる……。

思わず同情してしまう。なるべく、怖くないような演技をしなければ。

くらくらしてしまいそうな豪奢な部屋に通され、お茶とお菓子をいただく。緊張で、味なんかわかったものではない。

フロランスは緊張しているようで、ほとんどしゃべらなかった。デュワリエ公爵が話題を振っても、一言、二言しゃべるだけ。以降は目を伏せ、恥ずかしそうに俯くばかりである。

ここで、気付く。フロランスが、〝エール〟の新作の首飾りをつけていることに。

そういえば、この前もうすぐ新作が手に入ると話していたような。

ハート型にカットしたサファイアに、パールの王冠を付けた可愛らしい逸品である。思わず、身を乗り出して見てしまった。

「フロランス様、それ‼」

「あ、あの、アナベル様？」

「その首飾り、〝エール〟の新作ですわね？」

「え、ええ」

「とってもすてき！　すごくお似合いですわ！」

「あ、ありがとう、ございます」

フロランスは顔を上げ、にっこり微笑んでくれる。苦笑いではなく、愛想笑いでもなく。心からの微笑みだった。

「まるで、あなたのために作ったもののよう」

「嬉しいです」

だんだんと、表情が明るくなっていった。いつものフロランスだ。

〝エール〟の話題になり、フロランスはよくしゃべるようになった。

満足いくまで語り合ったところで、お茶会はお開きとなる。

正直、アナベルとフロランスの相性《あいしょう》は悪そうだ。けれど、彼女は一生懸命歩み寄る勇気を見せてくれた。

その辺はきちんと、アナベルに引き継いでおかなければ。

次回、夜会や舞踏会などでアナベルと会ったときに混乱しないように。

デュワリエ公爵は私を家まで送ってくれた。

「アナベル嬢、今日は、ありがとうございました」

「いいえ。それよりもフロランス様、わたくしに怯えていたけれど、大丈夫でしたの？」

「どうかお気になさらず。最後は、自分から話しかけていたので、問題ないでしょう」

確かに、最後のあたりは〝エール〟の話題だったので、知らない人が相手でも話せたのだろう。

「また、妹の話し相手になっていただけますか？」

「それは――」

これから婚約破棄をするのに、話し相手になんかなれないだろう。

だから、やんわりとした言葉を返しておく。

「気が向きましたら」

それでも、デュワリエ公爵は「ありがとうございます」と言って、頭を下げて私に左巻きのつむじを見せてくれたのだった。


なんとか無事に帰宅したら、アナベル様が再び我が物顔で私の部屋に陣取っていた。

腕と脚を組み、ふんぞり返った状態で私を迎えてくれる。

「ミラベル、どうだった？」

「いや、そんな簡単に婚約破棄なんてできるものじゃないから！」

「そうは言っても、時間がないのよ。お父様と喧嘩をしてフライターク侯爵とのお見合いの日にちを延ばすのも、そろそろ無理があるわ」

「そ、そうだけれど」

「いい、ミラベル？」

ビシッと、鋭く指差される。アナベルは世にも恐ろしい形相《ぎょうそう》で、私に語って聞かせた。

「アメルン伯爵家の本家が傾くと、もれなく分家も傾くんだからね！」

「それは、重々《じゅうじゅう》承知しております」

父や兄は、国王を始めとする王族のお馬さん係を解任されてしまうだろう。それだけで終わればいいが、左遷《させん》される可能性もある。

「誰も住んでいないような廃《すた》れた土地で、天候観察係に任命される可能性もあるんだから。隙間風が吹き荒れる家で凍えながら、生活することになってもいいの？」

「い、嫌です」

「でしょう？　アメルン伯爵家の運命は、ミラベル、あなたが握っていると言っても、過言《かごん》ではないのよ」

それとなくわかっていたけれど、真っ正面から言われてしまうとゾッとしてしまう。

「で、でも、賑やかな喫茶店に連れて行ったり、ケーキを四つ食べたりしても、婚約破棄してくれなかったの」

「あなた、私の振りをして、なんてことをしているのよ」

「だって、これくらいしないと、婚約破棄してくれないと思って」

「もっと過激なことをしないとダメよ。そんなの、生ぬるいわ」

「ううう……」

いったいどうすればいいのか。その呟きと同時に、アナベルは一通の手紙を差し出す。

「これは?」

「国王陛下主催の夜会よ」

「そ、そんな催しが」

毎年あるようだが、招かれるのは国内でも限られた貴族である。それでも、会場には大勢の人達がいるようだ。デュワリエ公爵も、毎年参加しているとのこと。

「一ヶ月後にあるこの夜会で、デュワリエ公爵との関係を、決着をつけなさい」

「決着って、どうやって?」

自分で考えなさいと言うかと思いきや、アナベルは真面目に考える素振《そぶ》りを見せる。

「誰かと、大喧嘩するとか?」

それは、いい案かもしれない。デュワリエ公爵が青ざめるような、大乱闘を見せたら結婚したくなくなるだろう。

「でも、喧嘩する相手なんて、都合よく見つかるわけがないわ」

「それは、そうだけれど……あ」

「心当たりがあるの?」

アナベルは頷き、自らを指差す。

「え……もしかして、アナベルと私が、大喧嘩をするの?」

「他に、誰がいるっていうのよ」

何でも、招待状があれば、ひとりくらいは入場できるらしい。通常は、世話をさせる侍女や付添人を連れて行くためのものらしいけれど。

私がアナベルの恰好をして、アナベルがミラベル《わたし》の恰好をする。

ミラベル役のアナベルが、私に喧嘩をふっかけるところから始まるらしい。

「喧嘩の理由は、そうね。分家に比べて本家の扱いがいいと、激昂するのはいかが？」

「喧嘩の掴みとしてはいいかも。でも……」

「でも？」

「あんまり騒ぐと、その、私まで危ない人扱いされない？」

「されるに決まっているじゃない。一瞬にして、時の人になれるのよ？」

「な、なりたくない!!」

喧嘩をふっかけるのはアナベルだけれど、周囲にはミラベル《わたし》が暴れているように見える。私のほうが、社交界で危ない奴《やつ》扱いされるだろう。

「この騒ぎがきっかけで、結婚できなかったらどうするの？」

「あら、結婚願望なんてあったのね」

「人並みにはあるんだから！」

涙目で抗議する私に、アナベルは優しい声で大丈夫だと言う。

「人の噂も七十五日という異国の言葉もあるから、大丈夫よ。そのうち、忘れるから」

「二ヶ月半も耐えなければいけないなんて、私には無理！」

「でも、一族がまとめて凋落するよりは、いいでしょう？」

「ううっ……！」

そもそも、大変な勝負の日に私達が入れ替わりをする必要があるのか。アナベルに問いかけると、すぐに答えが返ってくる。

「デュワリエ公爵に入れ替わりがバレたら大変でしょう？」

「そ、そうですね」

そんなわけで、私とアナベルの、〝ドキドキ大乱闘作戦〟が立てられた。

本当に上手くいくのか。不安しかない。

「アナベルの身代わりに、婚約破棄、それから親友がデュワリエ公爵の妹だった……！　もう、情報が多すぎる！」

と、ここで思い出す。フロランスのことを、アナベルに話しておかなくては。

「そうそう！　アナベル、私の親友のフロランスについて、覚えている？」

以前からアナベルに、フロランスについてちょこちょこ話していたのだ。

「ええ、覚えているけれど」

「よかった。そのフロランスが、デュワリエ公爵の妹だったのよ！」

衝撃の情報を話したつもりだったが、アナベルは「だから？」という目で私を見る。

「え、びっくりしなかった？」

「社交界でフロランスと言えば、デュワリエ公爵家のフロランスしか、思いつかないけれど」

「し、知っていたの⁉」

「彼女、有名人よ。〝氷《こおり》の紫《むらさき》水晶《すいしょう》〟と呼ばれていて、絶世の美少女だと」

「〝氷の紫水晶〟⁉」

なんでも、誰にも心を開かず、ひとり佇んでいることが多かったので、そのように呼ばれていたらしい。

単に人見知りをしていただけだと思うが、冷たい印象はまったくないのだが。

その辺は、兄の二つ名である〝暴風雪閣下〟に引きずられたイメージなのかもしれない。

それにしても、初対面でいきなりフロランスと仲良くなれたのは、幸運としか言いようがないだろう。

まさか、フロランスが有名人だったなんてまったく知らなかった。

「あまりにもきれいだから、近寄りがたい人物としても有名よ。ほとんど、社交の場にも出てこないし。不用意に近づこうものならば、〝暴風雪閣下〟も黙っていないとかで」

「そ、そうだったの」

デュワリエ公爵家の生まれとあれば、下心を持って近寄ってくる者も多いという。伯爵家生まれのアナベルでさえ、そういう人にうんざりしているくらいだ。

「家名を知らないで、付き合っていたのね」

「ええ。家柄に関係なく、お付き合いしたいって言っていたから」

「そう」

一応、話した内容はすべて話しておく。頭が良いアナベルのことだ。完璧に記憶してくれるだろう。そして、もしもフロランスと会ったときは、仲良くしてほしい。そう、アナベルにも伝えておいた。

アナベルは神妙な面持ちで、頷いてくれた。

これだから、私はアナベルのことが大好きなのだ。

◇◇◇

デュワリエ公爵及びその妹フロランスとの面会から二日後――フロランスからの手紙がアナベルの手によって運ばれる。

手紙には人見知りをしてしまい申し訳なかったと、丁寧に書き綴られていた。〝エール〟の話ができて、楽しかったとも。

また会ってゆっくり話をしたい。そんな感じの内容だった。

フロランスからの手紙を前に、頭を抱え込んでしまう。罪悪感が、嵐《あらし》のように私の中で渦巻いていた。

「はあ……」

一刻も早く、婚約破棄をしなくては。今の状況は、大変よろしくない。

善良で小心者《しょうしんもの》の私には、身代わりなんて無理だったのだ。

このような恐ろしい作戦を思いつく、暴君アナベル様が恐ろしい。

「もう一通、お手紙が届いていたわ。これは、昨日受け取っていたものみたいだけれど」

あろうことか、アナベルが差し出して見せたのはデュワリエ公爵からの手紙だったのだ。

まさか、会った翌日に手紙を送るなんて。

もちろん、未開封である。アナベルはデュワリエ公爵からの手紙を確認せずに、私に渡してくるのだ。

「な、なんで、昨日、持ってきてくれなかったの?」

この前会ったときに、「返事が遅いです」と詰め寄られてしまったのだ。思い出すだけで、ゾッとしてしまう。

「あなたの家とわたくしの家が徒歩で十分の間にあるとはいえ、わたくしは、あなたほど暇ではないのよ」

「デ、デスヨネ」

ため息をつきつつ、デュワリエ公爵の手紙を開封する。

そこには、フロランスとの面会を感謝する言葉が、びっしりと書かれていた。

デュワリエ公爵は、心からフロランスを大事に思っているのだろう。手紙から、これでもかというほど愛を感じてしまった。

社交界では〝暴風雪閣下〟と恐れられているが、実際は心優しい男性なのだ。

口数が少なく、表情筋もほとんど動かないので、冷たい人だと思われているようだが。

「それにしても、よくフロランス嬢と仲良くなれたわね」

「デュワリエ公爵の妹だと知らなかったのが、よかったのかも？」

「でしょうね」

ひとまず、返事は今日中に書いて送らなければ。

これにて解散だと思いきや、ここからが本題だという。

「夜会で行う大喧嘩の、打ち合わせをするわよ」

「あ……はい」

アナベルはシビルに目配せして、指示を出す。シビルは廊下から、手押し車《ワゴン》を押して入ってきた。

積み上がった箱の中身は、ドレスだろう。

「夜会用のドレスが完成したの」

「お、おお……！」

アナベルの夜会用のドレスは、紅《くれない》色の派手なドレスであった。どこにいても、目立ちそうな一着である。

「今回のは、一段と派手派手《はではで》しい……ではなく、華やかだね」

「あなたが着るのよ」

そうだった。思わず、頭を抱え込んでしまう。

二箱目に収められていたのは、地味な生成《きな》り色のドレス。

「こっちはまた、地味地味……ではなくて、控えめなドレスね」

「こちらは、ミラベルに変装するわたくしのドレスよ」

「あ、そっか」

「あなたのために作った一着だったんだけれど、まさか変装に使うことになるとは思いもしなかったわ」

「え、それってどういうこと？」

「ミラベル。あなたを、国王陛下の夜会に誘おうと思っていたの」

「えー‼」

知らなかった。アナベルが、私にドレスを用意して、夜会に誘ってくれようとしていたなんて。

「でも、なんで？」

「夜会の日が誕生日でしょう？」

「あ‼」

バタバタしていたのですっかり忘れていたけれど、もうすぐ十八歳の誕生日だった。

ふと思い出す。家族が私に〝エール〟の装身具を購入する計画を立てていたことを。あのときは同情からかと思っていたが、単に誕生日だからだったようだ。

「誕生日に、アナベルと大乱闘をしないといけないなんて」

「しかたがないでしょう？　アメルン伯爵家存続のためよ」

その後、渋々と打ち合わせをした。アナベルが私の真似が上手で、笑ってしまってあまり練習にならなかったけれど。

真面目にしろと、怒られたのは言うまでもない。

翌日、フロランスと再び〝ジョワイユーズ〟で会う。

彼女は興奮した様子で、兄の婚約者について語っていた。

「ミラベル、この前、ついにお兄様の婚約者とお会いしました」

「ええ」

知っている、という言葉をなんとか呑み込んだ。

「お兄様ったら、どなたと婚約したのか、名前すら教えてくれなくて、当日までのお楽しみだったのですが」

止めて差し上げろと、心の中でデュワリエ公爵に突っ込んでしまう。

もしも私がデュワリエ公爵の妹で、アナベルを婚約者として連れてきたら、驚きすぎて白目を剥いてしまうかもしれない。

フロランスは怯えていたが、きちんと二本の足で立っていた。本当に偉かったと、褒めてあげたい。

「なんと、お兄様の婚約者は、あの、〝社交界の赤薔薇《あかそうび》〟、アナベル・ド・モンテスパン様だったのです！」

「ワー、ソウナンダー……」

思わず、棒読みになってしまった。興奮した様子で語るフロランスは、気付いていなかったようだが。

それにしても、アナベルにまで二つ名があったなんて。〝社交界の赤薔薇〟なんて、最高にお似合いだろう。

私に二つ名を付けるとしたら、なんだろうか。〝夜会場の壁に張り付いた蔓《つる》〟とか？

……自分で思いついておきながら、悲しくなった。考えるのは止めよう。

「本当に、驚きました。あの、夜会で大勢の人に囲まれていた高嶺《たかね》の花と、お兄様が婚約をしていたなんて」

「フロランスは、怖くなかったの？」

「アナベル様がですか？」

「ええ」

「いいえ、怖くありませんでした。心優しいお方でしたよ」

怖がっているように見えたが、そうではなかったようだ。単に、人見知りをしていただけだと。

その辺は、ホッと胸をなで下ろす。

「お兄様ったら、ものすごく優しい瞳で、アナベル様を見つめていました。心から、愛していらっしゃるんだろうなと！」

口に含んでいた紅茶を噴き出しそうになる。なんとか飲み込んで、息を整えた。

デュワリエ公爵が優しい瞳を向けていたのは、私ではなくフロランスだ。心から愛しているのも、世界でたったひとりの妹、フロランスだろう。

彼はきっと、最愛の妹を安心させるために、真面目に婚約者とお付き合いをしているのだ。なんというか、健気《けなげ》な兄妹愛だ。

「私、やっと安心できたんです」

「安心？」

「ええ。ずっと、私はお兄様に、罪悪感を抱いていました……。私さえいなかったら、お兄様はもっともっと、早い段階で幸せになっていたのにって……」

病弱なフロランスが足かせとなり、結婚しないのではと思っていたらしい。

「そんなことないと思う。お兄様はきっと、今まで忙しかっただけだったんじゃない？」

「ミラベル……ありがとう、ございます」

フロランスがデュワリエ公爵の幸せを願うあまり、自分を責めていたなんて。ずっと仲良くしていたのに、気付けなかった。

「アナベル様とも、仲良くなれそうなので、早く結婚して、毎日お茶を飲めたらいいなと、思っています」

「フロランス……」

フロランスと毎日お茶を飲めたら、どんなにすてきか。

でも、私達がどれだけ望んでも、そんな日は訪れない。

フロランスと出会ったアナベルは偽者で、私達はこの結婚を壊そうと画策している。

胸が、ズキンと痛んだ。

「アナベル様は、〝社交界の赤薔薇〟の名にふさわしく、高貴で、華やかで、美しいけれど、どこか棘《とげ》のある物言いをなさるお方で」

本当に、アナベルは〝社交界の赤薔薇〟という二つ名がお似合いだ。

「最初に見かけたのは、一年前の夜会だったのですが、そのときは、冷たい瞳が印象的でした」

アナベルは当時から、社交界の付き合いにうんざりしていたのだろう。瞳も、熱を失っていくのは仕方がないような気がする。

「けれど、先日のアナベル様は、温かな瞳を持つ、優しいお方でした。雰囲気も、一年前と比べて、柔らかくなったような気がします」

それは単純に、一年前のアナベルは本物で、先日のアナベルは偽者《わたし》だからだろう。心から、申し訳なく思う。

「お兄様とアナベル様は、とてもお似合いでした」

そんなことはまったくないと言いそうになったが、喉から出る寸前でごくんと呑み込んだ。指先が震えていたので、バレないようにサッとテーブルから引いて膝の上で拳《こぶし》を作る。

「今度お会いするときは、勇気を出して積極的に話しかけようと思っているのです」

「が、頑張ってね」

「はい‼」

まさか、こんなにも気に入られているとは思いもせず。やはり、デュワリエ公爵の妹とは会うべきではなかったのだ。今更気付いても、遅いのだけれど。強制的に連れて行かれたので、回避は不可能な状況にあったのだが。私の心を苦しめるこの関係も、次の夜会には解消される。

気合いを入れて、アナベルと大喧嘩をしなければ。

◇　◇　◇

夜会当日、アナベルの「わたくしが主役!!」と言わんばかりの深紅《しんく》のドレスをまとう。それに合わせて、アナベルは〝エール〟の新作の首飾りを用意してくれていた。

この前、フロランスがつけていたものと同じ、ハートを模った首飾りである。

「喜びなさい。昨日発売したばかりの、〝エール〟の首飾りよ。わたくしも、まだつけていないものを、貸してあげるわ」

「昨日、発売だったの?」

「ええ」

しかし、フロランスは昨日以前にこの首飾りをつけていた。

おそらく、デュワリエ公爵家が〝エール〟となんらかの付き合いがあり、発売日より先に販売したのだろう。

アナベルが差し出した首飾りを、そっと摘《つ》まむ。

「きれい……」

「でしょう? これが、もうすぐあなたの物になるのよ」

以前までは、アナベルのこの言葉に心ときめいていた。

しかし、デュワリエ公爵家の事情を知った今は、まったく、これっぽっちも嬉しくない。

デュワリエ公爵やフロランスを騙していることを考えると、目の前にある〝エール〟の首飾りの色が、とたんにくすんで見えた。

いいや、違う。私の目が、濁《にご》っているのだ。

今の私に、〝エール〟の首飾りはふさわしくない。誰かを騙して、手に入れるべき品ではないのだろう。

「ミラベル、どうしたの？」

受け取ったばかりの〝エール〟の首飾りを、アナベルに差し出した。

「アナベル、やっぱり、〝エール〟の装身具は、いらない」

「まあ、どうして？」

「努力もなしに手にしたら、〝エール〟の輝きまで、くすんでしまうような気がして」

それに、身代わりをして得た〝エール〟の装身具を見るたびに、私はデュワリエ公爵やフロランスについて思い出してしまう。

「私は、一生懸命努力をして、〝エール〟の装身具を得ることにする。安心して、婚約破棄は、きちんとこなすから」

「ミラベル……」

「アメルン伯爵家の輝かしい将来のために、頑張りましょう」

差し出した手を、アナベルは力強く握ってくれた。

アナベルと共に、初めて夜会へ赴《おもむ》く。私に扮するアナベルと共に。

「アナベル、今日くらいの薄化粧のほうが、似合っているわ」

「この化粧だと、あなたとわたくしの見分けがつかなくなるでしょう?」

「まあ、そうだけれど」

改めて、私達の素顔は双子だと見まがうほどそっくりだと思う。まあ、両親が二組の双子同士のカップルなので、不思議な話ではないが。

「デュワリエ公爵と婚約破棄できたら、アナベルはフライタークと侯爵と結婚するの?」

「いいえ、そのつもりはまったくないわ」

「だったら、どうするの?」

「父が結婚を強要するようであれば、修道院にでも駆け込むわ」

そこまでするには、理由があるらしい。

「フライターク侯爵は、何か、怪《あや》しい組織と繋がりがあるようなの。関係を持つのは、危険だわ」

「そう、だったんだ」

私の知らないところで、アナベルもいろいろと動いているらしい。

もしも、フライターク侯爵の悪事に巻き込まれたら、アメルン伯爵家は大変なことになるだろう。

「でも、修道院に行かなくても」

「そうでもしないと、お父様は諦《あきら》めないわ」

「アナベル……」

アナベルだけが犠牲《ぎせい》になるなんて、見過ごせない。

もしも、アナベルが修道院に行くことになったら、私も付いていこう。

今回の騒ぎで、結婚できるとはとても思えないし。両親も、私の結婚の心配がなくなれば、肩の荷が下りるだろう。

今は、言わないでおく。絶対に、反対すると思うから。

アナベルが修道院に行く、出発間際《まぎわ》に言えばいいだろう。

「ねえ、ミラベル」

「ん、何？」

「ずっと言っていなかったけれど、わたくし、あなたのことが、わりと好きよ」

「ええっ⁉」

「何よ、その反応は」

「だって、アナベルったら、私のことをいつも、愚民その一、みたいな感じで見ているでしょう？」

「見ていないわよ」

知らなかった。アナベルが、私を好いていたなんて。普段は私に対してツンツンしているけれど、心の中ではデレデレだったわけだ。

愛《う》い奴めと、頭をなでたくなる。

「だからね、これから大喧嘩をしなければいけないけれど、全部演技だから、覚えていて」

そう言って、アナベルは暴君の微笑みを浮かべていた。

なんだ……あれだ。愛い奴め、というのは撤回する。

アナベルは、やっぱりいつものアナベルであった。

夜会の会場である王宮に到着する。まずは、別行動だ。

すぐさま、私はアナベル・ド・モンテスパンの仮面を被る。

私が主役だとばかりに、シビルを引き連れ堂々たる足取りで大広間に一歩足を踏み入れた。

すぐさま、注目が集まり、大勢の人達に取り囲まれる。

さすが、〝社交界の赤薔薇〟様だ。皆が皆、羨望の眼差しを向けてくる。

「ごきげんよう、アナベル様。今日も、おきれいですわ」

「ありがとう。あなたのドレスも、お似合いですわ」

「そんな……ありがとうございます」

本日もアナベルは大人気。ひっきりなしに、人が挨拶にやってくる。このチヤホヤされる空気が、たまらない。なぜ、アナベルはこの空気感を楽しめないのか。とっても不思議だ。

まだ、デュワリエ公爵は来ていないようである。

ソワソワしていたら、国王陛下がおなりになる前にデュワリエ公爵がやってきた。会場がざわついていた。美貌の公爵を前に、熱いため息も聞こえる。

ここだ、このタイミングだ。

デュワリエ公爵がいる空間で、大喧嘩を始める。それが、私とアナベルの作戦であった。

アナベル扮するミラベルは、いったいどこにいるのか。

見回していたら、すぐ近くで発見した。

「いやはや、ミラベル嬢、久しぶりに参加されていたのですね」

「お美しくなっていて、驚きました」

「よろしかったら、あちらでお話でも」

なぜか、大勢の男に囲まれている。

今まで見向きもされなかったのに、アナベル扮するミラベルには興味があると。

姿形は普段のミラベル・ド・モンテスパンそのものである。

しかし、アナベルが扮すると、品があって色気もあり、どこか儚げな雰囲気があった。これが、アナベル自身が持つ、カリスマ性なのだろう。

そんなわけで、アナベルは大勢の男性に囲まれ、身動きがとれなくなっているようだ。

どうしてそうなったのか。

視線で早く来てくれと助けを求めるも、強引な男性がアナベルを引き留める。

気弱な演技をしているのに、人という人を惹きつけてやまないようだ。

さすが、アナベル様である。

そんな中で、私はとんでもないトラブルに巻き込まれてしまった。

「この、泥棒猫がっ‼」

私と同じくらいの年頃の、美人なご令嬢が突然ワインをかけてきた。

顔にはかからず、ドレスにワインが付着する。

思考が停止する。一瞬、何が起こったのかわからなかった。

「あなたほどの性悪《しょうわる》を、他に知らないわ‼」

罵倒《ばとう》を耳にした瞬間、ハッと我に返る。

深紅のドレスなので、ワインの色はまったく目立たない。よかった、などと考えている場合ではなかった。

私はアナベル・ド・モンテスパンだ。こういう場合、どういう反応をすればいいのか、よくわかっている。

相手をジロリと睨みつけ、地を這《は》うような低い声で問いかけた。

「あなた、正気ですの？」

「あなたのほうこそ、正気とは思えないわ‼　デュワリエ公爵の婚約者でありながら、フライターク侯爵にも色目を使っていたなんて‼」

ご令嬢の叫びを耳にした瞬間、脳内にいる私が頭を抱えて「どうしてこうなった‼」と大声で叫んだ。

どういうことなのか。

フライタータ侯爵とアナベルの婚約は、まだ公《おおやけ》にはなっていないはずだ。

頭上に疑問符《はてな》を浮かべていたら、シビルが絶妙なタイミングで耳打ちしてくれた。

「彼女は、マスカール子爵《ししゃく》家のご令嬢コランティーヌ様です。フライタータ侯爵とつい一ヶ月前まで婚約を結んでいたようですが、突然破棄されたようです」

彼女がアナベルにワインをぶちまけた理由を即座に察した。

それにしても、驚いた。マスカール子爵家は新興貴族で、歴史は浅い。そんな一族と、フライタータ侯爵家が婚約を結んでいたとは。

はあはあと肩で息するコランティーヌ嬢を見てみる。流行の先端をいく華やかなドレスに、大粒のルビーの首飾りをつけていた。ティアラと耳飾りも、大きな宝石があしらわれたものをつけている。つまりだ。彼女の実家はお金がある、ということ。

フライタータ侯爵は、おそらく彼女の持参金目的で婚約を結んでいたのだろう。

アメルン伯爵家もそこそこ財産はあるものの、コランティーヌ嬢の実家ほどではないだろう。

おそらく、アメルン伯爵家の歴史と、何かがフライタータ侯爵には魅力的に映ったのかもしれない。パチン！　という音と共に、頬に鋭い痛みが走った。

「アナベル・ド・モンテスパン！　黙っていないで、何か、言ったらどうなの？　他人の男に色目を使ったことに対する、罪の弁解でもしたらいかが⁉」

コランティーヌ嬢に、頬を叩かれたのだ。ツーと、生暖かい何かが滴《したた》っていく。指先で触れると、真っ赤に染まった。

誰かが、「きゃあ！」と悲鳴を上げる。

コランティーヌ嬢が私の頬を叩いたのだ。嵌《は》めていた指輪に、鋭い突起でも付いていたのだろう。私の頬を切り裂いてくれたのだ。

カッと、頭に血が上ってしまった。

すぐさま、私はコランティーヌ嬢の頬を叩き返す。ばちん、と盛大な音が鳴った。

「な、何をするの⁉」

「同じ言葉を、お返ししますわ。わたくし、こんな酷い暴力を受ける筋合いは、まったくもってなくってよ‼」

アナベル直伝《じきでん》の迫力に、コランティーヌ嬢がたじろぐ。

「誰か、コランティーヌ様を医務室に連れて行ってさしあげて。具合が悪いようですから」

「な、何を言っているの？　私は、正常よ！　おかしいのは、アナベル・ド・モンテスパン、あなたよ！」

「いいえ、冷静ではないわ。頭を、冷やしたらいかが？」

視線で、近くにいた男性にコランティーヌ嬢を捕まえろと命じる。

訴えが伝わったのか、男性はコランティーヌ嬢の腕を取った。しかし、それを振り払って私に詰め寄る。

「この、あばずれ女が！　あなたのせいで、私の婚約が、破談となったのよ‼」

「事実無根ですわ」

「そんなわけないわ！　あなたは、デュワリエ公爵と婚約しているにもかかわらず、フライタークス侯爵にも、色目を使ったのよ‼」

シンと、その場が静まり返る。が、次の瞬間、コランティーヌ嬢がとんでもないものを取り出した。それは、銀色にきらめくナイフである。

振り上げた際に、磨かれた刃の表面に一瞬、私の姿が映った。ゾッと、肌が粟立《あわだ》つ。

この距離では、回避できない。

歯を食いしばり、衝撃に備えた。

「――っ‼」

けれど、痛みは襲ってこない。

代わりに、コランティーヌ嬢のヒステリックな叫びが聞こえた。

「ちょっと、離して‼　私は、このあばずれ女を、制裁しなければ、ならないのよ‼」

そっと瞼を開くと、コランティーヌ嬢を取り押さえるデュワリエ公爵の姿があった。

手に握っていたナイフを落とし、両手を押さえて拘束している。

デュワリエ公爵の姿を見た瞬間、安心してしまったのか眦《まなじり》から熱いものが溢れてきた。

会場にいた騎士が駆けつけ、コランティーヌ嬢は取り押さえられる。

もう、大丈夫。そう思った瞬間、膝の力が抜けた。

その場に頽《くず》れそうになったそのとき、私の体はふわりと浮いた。

デュワリエ公爵が、私を横抱きにして持ち上げたのだ。

「どこか、静かな場所に行きましょう」

優しいその言葉に、頷くしかなかった。


デュワリエ公爵はズンズンと、王宮内を歩いて行く。

いくつも扉をくぐりぬけたが、警備をする騎士は誰ひとりとして止めなかった。

明らかに、豪華な造りの部屋にたどり着き、長椅子に下ろされる。

デュワリエ公爵は私の前に跪《ひざまず》き、ハンカチを差し出してくれた。

すぐに立ち上がると、木箱を持って戻ってくる。中には薬や包帯が入っていた。

「傷口を、洗ったほうがいいですね」

「あっ――――！」

ここで、頬の痛みを思い出す。コランティーヌ嬢に引っかかれて、怪我《けが》をしていたのだった。

デュワリエ公爵は慣れているのか、水差しの水を使って傷口を洗ってくれた。じくじくと痛んでいたが、ぐっと我慢する。

最後に、傷薬をそっと塗ってくれた。

「皮膚を薄く切っているだけなので、大丈夫でしょう。痛みや何か違和感があるようであれば、医者を呼んでください」

「ありがとうございます」

まさか、デュワリエ公爵から傷の手当てを受けるなんて。

それよりも、アナベルと騒ぎを起こす前に、とんでもない事件に巻き込まれてしまった。

「先ほどのご令嬢は、知り合いなのですか？」

「いいえ、初対面……だったはず」

まさか、婚約してもいないフライターク侯爵の元婚約者に、詰め寄られるなんて。

まだ、心臓がバクバクと鼓動していた。

「デュワリエ公爵様、申し訳ありませんでした」

「何に対する謝罪ですか？」

「先ほどの、騒ぎについて、ですわ」

こうなったら、この勢いのまま婚約破棄するしかないだろう。このようなチャンスなど、めったにない。

どうやって婚約破棄を申し出ればいいのか、言葉が出てこない。

代わりに、嬉しそうに兄の婚約者について話をするフロランスの姿が思い浮かんだ。

婚約者を迎えたおかげで、家が明るくなった、体調もよくなったと言っていた。もしも、婚約破棄となったら、デュワリエ公爵家はどうなるのか。

罪悪感で胸が苦しくなり、ポロポロと涙が零れてきた。

みっともなく涙を流していたら、デュワリエ公爵がそっと指先で拭《ぬぐ》ってくれる。

もう片方の頬は、涙で傷口が痛むだろうと、薬箱の中にあったガーゼを当ててくれた。

優しくされるたびに、心がズキン、ズキンと痛んだ。

これは〝エール〟の装身具に目がくらんで、他人を騙すことに加担《かたん》した私への罰なのだろう。

顔を上げ、まっすぐデュワリエ公爵を見つめる。

私を心配そうに見つめる瞳と視線が交わったら、覚悟が揺らぎそうになった。

けれど、言わなければいけない。

ただ、この騒ぎに対する謝罪だけでは、納得してくれないだろう。

アナベルとの作戦は、アメルン伯爵家のアナベルとミラベルが揃《そろ》って大喧嘩をするという点に、意味があったのだ。

コランティーヌ嬢の乱入のおかげで、予定が狂ってしまった。

改めて、婚約破棄をしたい理由を考えなければいけない。

ちょうど、よかったのだ。コランティーヌ嬢が、婚約破棄に繋がるヒントをくれた。

決して、アナベルの望む平和的な解決法ではないだろう。けれど、やるしかない。

息を大きく吸い込んで、吐く。

もう、大丈夫。これで、最後だから。

「本当に、申し訳ありませんでした。デュワリエ公爵様という婚約者がいながら、他の男性にうつつを抜かしていたばかりに」

ハッと、デュワリエ公爵のアメシストの瞳が驚きに染まった。

せっかくなので（?）コランティーヌ嬢の騒ぎを利用し、婚約破棄に挑《いど》んでみる。

好きな男性がいるので結婚できない。ロマンス小説でよくある展開である。

「あなたは、フライターク侯爵を、慕っていたというのですか？」

「いいえ、それは違いますわ。フライターク侯爵との一件は、完全に誤解です」

「では、誰を慕っているというのですか!?」

ピュウピュウと、暴風雪が吹き荒れているような気がした。久しぶりの、〝暴風雪閣下〟の登場である。

眉間に皺を寄せ、怒気《どき》の籠《こ》もった瞳で私を見つめていた。ガクブルと、震えてしまう。

「だ、誰って……！」

好きな人なんて、いない。

そう思った瞬間に、デュワリエ公爵の朗らかな笑顔が脳裏に浮かんできた。

いやいや、違うと、首を振って否定する。

「誰のことを、考えているのやら」

呆れるような声に、カーッと顔が熱くなっていくのを感じる。

デュワリエ公爵の笑顔を思い浮かべていたなんて、口が裂けても言えない。

「あなたは、貴族間にある婚姻《こんいん》の意味を、理解できていないようですね」

「り、理解できておりますわ。けれど、胸の中に渦巻く恋心には、抗《あらが》えませんの。その男性《ひと》を想いながら、誰かと結婚するなんて、ありえないですわ！」

「では、その男性と、駆け落ちでもするのですか？」

「いいえ。わたくしは、修道院に行きますわ」

「なぜ？」

なぜと聞かれましても。アナベルがフライターク侯爵との結婚を回避するには、修道院に行くしかないだろう。彼女を、ひとりだけ行かせるわけにはいかない。私の人生は、アナベルと共にあった。だから、アナベルが「行く」と言うのならば、私も一緒だ。

「修道院に行くなど、許しません」

「それは、どうしてですか？」

逆に、聞き返す。きっと、アナベルのことをフロランスが思いのほか、気に入ったのを見たからなのかもしれない。それか、婚約が破談になれば、恥となるのか。

デュワリエ公爵は、目つきを鋭くさせる。理由を口にすることは、自尊心が許さないのか。

ありったけの勇気をかき集めて、アナベルらしく振る舞う。

「よろしかったら、デュワリエ公爵のほうから、婚約破棄を申し出て、いただけないかと」

「なぜ、私が婚約破棄しなければならないのですか」

「でしたら、これ以上、お話しすることはありませんわ。わたくしは、近日中に修道院に行きますので。お目にかかるのは、これで最後でしょう。短い間でしたが大変お世話になりまし――」

立ち上がり、優雅に礼をして、去ろうとした。それなのに、デュワリエ公爵は私の腕を握る。簡単に振り払えないほどの、強い力だった。

「な、なんですの⁉」

ジッと、焼けるような視線を向ける。あまりにも熱烈に見つめるので、煉獄《れんごく》に放り込まれたように全身が燃えているのではと思ってしまう。

「私は、あなたのことが、とても気になるのです。このまま、修道院に行かせるわけにはいかない」

その言葉を聞いた瞬間、「わかる‼」と返しそうになった。

私も、アナベルのことがとても気になる。言動や行動は興味深く、一日一緒にいても飽きない。アナベルはデュワリエ公爵ですら魅了《みりょう》してしまう、世界でただひとりしか存在しない特別な女性なのだろう。

デュワリエ公爵はアナベルを、気に入っていたのだ。だから、〝エール〟の装身具を買ってくれようとしたり、会った翌日に手紙を送ったり、していたのだろう。

けれど、まだ「気になる」の段階だ。心の中にくすぶるのは、恋心ではない。

きっと、三日もぐっすり眠ったら、アナベルのことなんて忘れてしまうだろう。

こうなったら、強引にこの場を去らなければ。

「ごめんなさい。わたくしは、愛に生きます‼」

力いっぱい腕を振ると、デュワリエ公爵は手を離す。

そのまま振り返らずに走った。だが——。

「ぎゃう‼」

ドレスの裾を踏んでしまい、盛大に転んでしまった。

しかも、「ぎゃう‼」という、貴族女性とは思われない妙な悲鳴を上げつつ。

「アナベル嬢、大丈夫ですか⁉」

デュワリエ公爵は、駆け寄って私を起こしてくれた。

彼の優しさに、涙が浮かんでくる。ここは、見捨てるくらいの冷徹さを見せてほしかった。どうして、みっともない私を助けようとしてくれるのか。

あまりにも、恥ずかしい。新しい黒歴史が生まれた瞬間である。

「少し、落ち着いてから、帰ったらどうですか?」

「いえ、もう、大丈夫ですですので、帰らせてくださいです」

動揺のあまり、言葉遣いもはちゃめちゃになってしまう。情けないにもほどがあった。

デュワリエ公爵は確実に私がおかしくなっていると思ったのだろう。私の体を横抱きにすると、長椅子に運んで下ろしてくれた。

「もう、あなたには指一本触れませんので、ご安心を」

「は、はあ」

そう言って、向かい合わせに置かれた一人掛けの椅子にどっかりと腰掛けた。

気まずい。非常に、気まずい。

手持ち無沙汰《ぶさた》となったので、テーブルに置かれたスパークリングワインを手に取る。

ナプキンで栓《せん》を覆い、瓶をくるくる回した。すると、スポーン‼　と大きな音を立てて、開封される。

「ひええっ‼」

悲鳴を上げただけなのに、デュワリエ公爵はコロコロコロと笑い始める。なんというか、スプーンが転がってもおかしい年頃なのかもしれない。

グラスにスパークリングワインを注いだが、泡だらけになってしまった。執事のように、上手くいかない。あれは、職人技なのだなと、改めて思ってしまう。

そんなことを考えつつ、泡だらけのスパークリングワインをデュワリエ公爵へ差し出した。デュワリエ公爵は口の端をわずかに上げつつ、スパークリングワインの瓶を手に取る。

そして、優雅な手つきでグラスに注いだ。ぶくぶくの泡を一つも立てずに。それを、私に差し出してくれたのだ。

せっかくなので、いただく。お酒はあまり得意ではないので、舐《な》める程度にしておかなくては。

お酒が解禁になる十六の誕生日に調子に乗って飲み、翌日に酷い二日酔いになったのだ。

十八歳になり、度数が強いお酒を飲んでも問題ないのだが、控えておかなくては。

そう思っていたのに、口を付けた瞬間に一気飲みしてしまった。喉が渇いていたのか、おいしく感じてしまったのだ。そのまま、二杯目、三杯目と飲み干す。

不安な気持ちは消え去り、だんだんと楽しくなってきた。

いったいどこで、箍《たが》を外してしまったのか。

周囲がぐるぐる回っているところで、意識を手放した。

◇◇◇

鳥の、チーチー、チッチッチという鳴く声で目を覚ます。

「うう……！」

頭が、痛い。昨日、おいしいスパークリングワインを、調子に乗って何杯も飲んだからだろう。

十六歳の誕生日にしてしまった失敗を、十八歳の誕生日にもしてしまうなんて。ここまで学習能力がないとは思わなかった。

まだ、昨日の疲れが取れていないのもあるのだろう。体が重たい。頬の傷は、誰かが手当てをしてくれたのか。新しいガーゼが当てられている。

今、何時なのだろうか。鳥のさえずりが聞こえるので、夜が明けていることは確かだろうが。部屋のカーテンは生地が厚いのか、外の明るさを一切通さない。

「……通さない？」

私の部屋のカーテンは、太陽の光をこれでもかと通す。

ふと、我に返る。ベッドが、いつもよりふわふわだ。そして、何かを握っていることに気付いた。

持ち上げてみると、それが人の手であることが判明する。

人の手ごときで驚いている場合ではなかった。誰かが、隣に眠っていた。

「ひっ……！」

急いで起き上がると、頭がズキン！　と痛む。けれど、気にしている場合ではない。

カーテンを開き、これでもかと陽光を部屋に入れる。

明るく照らされた部屋は、私のよく知る自分の部屋ではなかった。

毛足の長い絨毯《じゅうたん》に、大きな大きな天蓋《てんがい》付きのベッドが部屋の中心に鎮座《ちんざ》していた。

ここはどこ？　私は誰？

疑問が滝のように流れてくる。

ドキン、ドキンと高鳴る胸を押さえながら、頭から毛布を被った膨《ふく》らみの確認を試みた。

ふわふわの毛布を掴み、一気に剥ぎ取る。

悲鳴を上げそうになったが、喉から出る寸前でごくんと呑み込む。

驚いたことに、毛布の下にはデュワリエ公爵がスヤスヤと眠っていた。

デュワリエ公爵の寝顔を見て、思わず呟いてしまう。

「う、嘘でしょう……？」

寝顔があまりにも、美しかったから。一瞬、精巧に作られた人形かと思ったが、スースーという小さな寝息が聞こえた。

確かに、目の前の男性は呼吸をしていた。造り物ではない。

目を閉じていると、少しだけ年若く見えるような気がする。

フロランスの五つ年上だと聞いていた。ということは、今は二十二歳か。落ち着いているので、二十代後半くらいかと思っていたが、案外若い。

こうして寝顔だけ見ていると、きちんと二十二歳の青年に見えるから不思議だ。

それにしても、驚くべきはきめ細かな肌だろう。どうしてこう、ツルツルピカピカなのか。顎や口回りを見ても、目立つ髭《ひげ》は生えていない。本当に男なのかと、疑ってしまう。

父なんか、毎日剃《そ》っても朝は濃い髭が生えてくると話していた。兄も、朝の起き抜けの状態は人に見せられないと言っていたような。

おそらく、人類にはこういう不思議人間がごく少数ではあるものの存在するのだろう。実に、羨ましい。

と、デュワリエ公爵の寝顔に見とれている場合ではなかった。

なぜ、私達は一緒の寝台で、仲良く眠っていたのか。

お酒を飲んでいたせいで、記憶があやふやだ。

もしかして、無理やり連れて来られて、襲われたのか——と思ったのは一瞬である。

私の服装は、昨夜のドレスのまま。コルセットも、ギュウギュウに締め付けられたままである。よく、この状態で眠れたものだ。自分のことながら、呆れてしまった。

それに、頭痛以外で体に違和感はない。

おそらく、私は部屋に連れ込まれて、そのまま爆睡《ばくすい》していたのだろう。

一方で、デュワリエ公爵も昨夜のままだ。昨晩とまったく同じ服装で、眠っている。

私達の間には、同じ寝台で眠った以外、何も起きていない。断言できる。

わからないのは、なぜ、私がここにいるのか。

推測だが、ここはデュワリエ公爵家だろう。

昨晩は酔い潰《つぶ》れて、眠ってしまったのだろうか。家は知っているのだから、アメルン伯爵家に連れ帰ってくれたらよかったのに。いったいどうして、私を連れてきたのか。

詳《くわ》しい事情を聞きたかったが、デュワリエ公爵は起きる気配などない。

どうすればいいのか頭を抱えていたら、コンコンコンと扉を叩く音が聞こえた。

「旦那様、おはようございます」

女性の声だったので、走って扉を開いた。廊下にいたのは、四十代くらいの貫禄《かんろく》がある使用人であった。ドレスにエプロンをかけているので、侍女だ。背後に、侍従らしき男性も控えていた。彼はきっと、デュワリエ公爵の世話役なのだろう。

「あの、すみません、私――」

「お風呂《ふろ》の用意が、できております」

それだけ言って、デュワリエ公爵家の侍女は踵《きびす》を返す。付いて来いということなのか。

昨晩、化粧も落とさずに眠ってしまった。頬に触れると、肌が乾燥しカピカピになっていて悲鳴を上げそうになった。

ドレスも皺だらけだし、髪もぐちゃぐちゃだ。一刻も早く、お風呂に入りたい。

お言葉に甘えて、侍女のあとを付いていくことにした。

デュワリエ公爵家のお風呂は、床も壁も浴槽も白い大理石で、大変美しかった。入った瞬間、薔薇の芳香《ほうこう》に包まれる。浴槽に、薔薇の花びらが浮かんでいた。

驚いたのはそれだけではなかった。何人もの侍女が入ってきて、私の体を問答無用で洗い始める。

大丈夫だと訴えても、聞く耳を持たなかった。先ほどの貫禄のある侍女が、きびきびと指示を飛ばしてくれるのだ。

おかげで、全身ピカピカになった。

「ドレスは、大奥様のお品です。少々型は古いですが、いいお品ですので」

「え、いや、あの」

大奥様というのは、デュワリエ公爵の母親だろう。大切なドレスに袖《そで》を通していいわけがない。

着ていたドレスでいいと言ったが、無視された。

金糸雀《カナリア》色の、美しいドレスである。たしかに型は古いが着心地はよく、レースやリボンはとても丁寧に作られていた。

髪は丁寧に巻いて、ハーフアップに整えてくれる。

化粧は自分でしたいと主張したのに、聞いてはくれなかった。

頬の傷は、ほとんど目立っていない。痛みもないので、ホッと胸をなで下ろす。

数名の侍女に囲まれ、パタパタと化粧が施される。

ハラハラドキドキしていたが、いつものアナベルの顔に仕上がったのでホッとした。

傷も、化粧で隠してくれたようだ。

「旦那様とお食事になさいますか？　それとも、フロランスお嬢様とお茶になさいますか？」

究極の選択である。第三の、〝家に帰る〟という選択はないようだ。

普段であれば、フロランスを選ぶだろう。けれど、今はアナベルの姿だ。なるべく、会わないようにしたい。

そんなわけなので、デュワリエ公爵と食事を選択するしかない。

「では、こちらへ」

お風呂場から、食堂へ移動する。

デュワリエ公爵家は相変わらず、立派だ。廊下なんか、アメルン伯爵家の二頭立ての馬車が走れるくらい幅がある。

壁には歴代当主の肖像画があった。皆、顔が非常に整っている。美貌の一族なのだろう。

と、ぼんやり歩いている間に、食堂に到着してしまった。

気まずい思いで、開かれた扉に一歩足を踏み入れた。

「おはようございます」

デュワリエ公爵が、ごくごく自然に挨拶してきた。

外の明るさから推測するに、すでにお昼前だろう。おはようと言える時間帯ではない。しかし、返す言葉が見つからないので、「おはようございます」としか返せなかった。椅子の前で待つ侍女が「早く来ないか」という圧のある視線を向けていた。おとなしく、従う他ない。

食卓にあるカップに、給仕係がアツアツの紅茶を注ぐ。

「お嬢様、お砂糖やミルクは?」

「い、いらないです」

動揺しまくりで、アナベルの真似なんてとてもできない。デュワリエ公爵が紅茶に口をつけたのを確認して、私も飲ませていただく。

昨日、しこたまお酒を飲んだからか、酷く喉が渇いていた。お風呂から上がったあとにもお水をたくさん飲んだが、それでも私の喉の渇きは癒《い》えていなかったようだ。

「昨晩は、よく、眠れましたか？」

「——ッ‼」

その問いかけに、危《あや》うく紅茶を噴き出しそうになった。なんとか飲み込み、なるべく優雅に見えるように茶器を置いた。

「あ——えっと」

周囲には、侍女と執事らしき老齢の男性がいる。他にも、給仕係がいた。

彼らを気にしているのが、バレたのだろう。デュワリエ公爵は人払いをしてくれた。

「デュワリエ公爵、すみません、でした。昨晩の記憶が、あまり、なくて」

「そうでしょうね。昨晩のあなたは、酷い酔い方でしたから」

恥ずかしくて、デュワリエ公爵の顔を見ることができない。

「あの、私は、どうしてここに？」

「それすら、覚えていないのですね」

「すみません」

デュワリエ公爵はため息をつき、昨日の痴態《ちたい》を教えてくれた。

「あなたが、婚約破棄をしなければ離さないと言って、私の服の袖を握りしめていたのですよ」

火事場の馬鹿力だったのか。大の大人が解こうとしても、手は離さなかったらしい。

結局、アメルン伯爵家に連絡を入れ、私を連れ帰ったのだとか。

昨晩は入れ替わっていたので、私の振りをしていたアナベルは私の家に行っただろう。きっと、入れ違いにはなっていないはず。

意識を失っても手を離さなかったので、仲良く一緒に眠ることになったようだ。

それにしても、そんな大胆な作戦に出ていたなんて。我がことながら、大変恐ろしい。

「面白かったですよ」

「へ？」

「昨晩のあなたは、いろんな話を、聞かせてくださいました」

「あ、私が、ですか？」

「ええ。あなたの従姉にいやらしい視線を向ける男性のポケットに、トカゲを入れた話とか、服を入れ替えて大人を騙した話とか、いろいろです」

脳内にいる冷静ではない私が、頭を抱えて悲鳴をあげる。

なぜ、酔っ払ってアナベルとの話をしていたのか。ゾッとしてしまう。

一点、非常に気になる点がある。恐る恐る、質問してみた。

「ちなみに、従姉の名前を、言っていました？」

「いいえ、ただ、〝従姉〟、としか」

「そうですか」

胸を押さえ、安堵する。

一方で、デュワリエ公爵は、鋭い視線で私を見ていた。

「やはり、演技だったのですね」

口から、心臓が飛び出そうなほど驚く。ついに、気付かれてしまったのか。

――終わった。

脳内に、人が住まない辺境の地で、身を寄せ合って暮らすアメルン伯爵家の面々が思い浮かんだ。

母やアナベルはボロのドレスをまとい、繕《つくろ》い物をしている。父や兄は、狩ってきた獲物《えもの》の皮をせっせと鞣《なめ》していた。

私は、石を使って地面に〝エール〟の装身具を描き、涙していた。

「今の状態が、素なのでしょう?」

「素?」

「ええ。以前からおかしいと、思っていたのです。アナベル・ド・モンテスパンといえば、気が強く、高慢で、優しさなど一切見せないような人物でした」

コクコクと頷く。気が強く、高慢で、優しさを見せないのが我らが暴君アナベル様である。

「それは、社交界を生き抜くための、演技だったのですね」

「へ？」

「強い気持ちで自らを戒《いまし》めておかないと、舐められるから演技をしていたのですか？」

「あ……あー！　そ、そういうこと、ね」

びっくりした。私がアナベルの振りをしているのに、気付いたのかと思っていたが違った。

デュワリエ公爵は、アナベルが社交界で生きていくために、演技をしているのだと勘違いしていたようだ。

「私を、騙せると思っていたのですか？」

「あ、いえ、その……はい」

そこは、素直に肯定《こうてい》しておく。反省もしているので、許してほしい。

「数時間ならともかく、定期的に会う相手を騙せるわけがないでしょう」

「まったく、その通りです」

ズバリと、指摘されてしまった。

「本当のあなたは、どこか抜けていて、おっちょこちょいで、お人好しなのでしょう」

どれも、否定なんてできない。確かに、私はどこか抜けていて、おっちょこちょいで、お人好しだ。これでもかと、デュワリエ公爵に本質を見抜かれていた。

「そして、好きな人がいるというのは、嘘ですね？」

「そ、それは……本当、デス」

「嘘です。昨日気付いたのですが、あなたが嘘をつくときには、視線を逸らし、目を泳がせる癖《くせ》があるようで」

知らなかった。そんな癖があるなんて。頭を抱え込み、ぐったりと落ち込んでしまう。

「なぜ、そのような嘘を？　婚約破棄も、何か理由があって申し出たのでしょう？」

「それは、言えません」

アナベルと私の作戦内容は、墓場までもって行かないといけない機密だろう。

「それは、フライターク侯爵と、何か関係あるのですか？」

ビクリと、体が震えてしまった。私の馬鹿！　と脳内で罵《ののし》る。これだけわかりやすく反応してしまったら、「何か関係があります」と言っているようなものだろう。

「小耳に、挟《はさ》んだことがあるのです。フライターク侯爵と、アメルン伯爵が最近密に連絡し合っていると。デュワリエ公爵家と結んでいた婚約を破棄して、フライターク侯爵家と婚約を結ぼうとしているのでは、と憶測しているのですが」

勘が鋭い、正解です！　とは口が裂けても言えない。

「黙っていると、肯定しているという意味になってしまいますよ」

「ち、違います‼」

目が合った瞬間、胸がドクンと跳ねる。思いっきり逸らしてしまった。

先ほど、嘘をついているときの癖を指摘されたばかりなのに。

「なるほど。あなたは、私との婚約を破棄して、フライタール侯爵と婚約を結ぶと」

「いいえ、そんなつもりはまったくありません‼」

今度は、目を見て主張することができた。

「フライタール侯爵と婚約したい、というわけではないようですね」

「はい……」

まっすぐデュワリエ公爵を見つつ、頷く。

シーン、と静まりかえる。気まずさが、半端《はんぱ》ではない。

ここにいるのがアナベルならば、もっと上手く立ち回っただろう。

私は所詮《しょせん》、アナベルのものまねしかできないのだ。

「だいたい、わかりました。アナベル嬢、あなたは、父親からデュワリエ公爵家との婚約破棄を申し出る旨《むね》と、フライタール侯爵との婚約をする意向であると聞かされていたのでしょう。しかし、それをした場合、私の心証を悪くするのでは、と思ったのでは？」

大正解である。しかしこれは、アナベルと私だけの秘密だ。

「私の憶測は、間違っていますか？」

まっすぐ目を見て、「はい」と答えたかったが、強すぎる眼差しを見続けることができなかった。

「アメルン伯爵家から婚約破棄がある前に、あなたは私に嫌われるか、何かをして、穏便に婚約破棄をしようとした、ということで、合っていますね？」

あまりにも、鋭すぎる。

そうですとも、違いますとも答えられず、「うぅ……！」という呻《うめ》き声しか発せなかった。もう、肯定しているようなものだろう。

「なぜ、私に相談をしてくれなかったのです？」

「それは……」

もう、言い逃れはできないだろう。デュワリエ公爵と真っ正面から、向き合わないといけない。

「アメルン伯爵家の問題なので、自分達の力だけで、どうにかしたいと、思ったのです」

デュワリエ公爵は言葉を返さず、呆れたようなため息を零した。

「私が、怖いのですか？」

「こ、怖いです！」

思わず、早口で答えてしまった。デュワリエ公爵ははっきり怖いと返されるとは思わなかったのだろう。鳩《はと》が豆鉄砲を食らったような表情を見せてくれる。

が、次の瞬間には、笑い始めた。

「あなたの、そういう正直なところは、嫌いではありません」

「そ、そう、ですか」

それにしても、ここまで見破られているのに、私とアナベルの入れ替わりには気付いていないとは。これも、時間の問題だろうが。

ここで、言ったほうがいいのか。それとも、止めたほうがいいのか。

「私に助けを求めなかったのは愚《おろ》かな行為でしたが、フライタ—ク侯爵を警戒するのは正しい行動です」

王太子ではなく、第二王子を次期国王として推すフライタ—ク侯爵の行動は、国王派の中で危険視されているようだ。

そもそも、なぜ第二王子を推すのか。

アナベルに教えてもらったのだが、理由がある。

御年《おんとし》二十歳になる王太子は病弱で、公務もまともにできないと囁かれているようだ。

体が弱い王太子よりも、健康な第二王子を次期国王として据《す》えたほうがいいのではという声は、王宮内でも少なくはないらしい。

もしもフライタ—ク侯爵と結婚し、第二王子が次期国王となれば、アメルン伯爵家はさらなる地位と財産、そして名声を得るだろう。

伯父は第二王子が国王になることを信じて、賭けに出ようとしているみたいだ。

「何も、心配はいりません。あなたのことは、私が守ります」

力強い言葉に、胸がドキンと高鳴る。

胸が切なくなって、顔がじわじわ熱くなっていくのを感じていた。

私は、どうしてしまったのか。

「アメルン伯爵は、私が説得します。あなたは何も行動を起こさず、おとなしくしておいてください」

このままでは、絶対にダメなのに。デュワリエ公爵に見つめられたら、どうしてか抗えないのだ。

デュワリエ公爵は立ち上がり、ツカツカと歩いてきて私の傍《そば》で膝をつく。

私の手をそっと握りしめ、真剣な眼差しを向けながら言った。

「私を信じて、安心して嫁いできてください」

その言葉に、私はコクンと頷いてしまった。

結婚するのは私ではなく、アナベルなのに。そう気付いたときには、遅かった。

デュワリエ公爵は私の手の甲に、口づけする。

息ができなくなるくらい、胸がぎゅっと苦しくなった。

この感情は、本当になんなのか。

一生懸命探したが、相応しい言葉が思いつかなかった。

◇◇◇

一時間後、デュワリエ公爵に家まで送ってもらった。

その間、私はふにゃふにゃの抜《ぬ》け殻《がら》状態である。ずっと、デュワリエ公爵が私の手を握っていたからだ。

別れ際に、デュワリエ公爵はとんでもないことをしてくれる。

私の額に、優しくキスをしたのだ。

あの〝暴風雪閣下〟が、こんなことをするなんて。ますます、混乱状態になる。

デュワリエ公爵は、甘い微笑みを浮かべながら、帰っていった。

あの人誰？　と聞きたかったが、「デュワリエ公爵ですが？」としか返ってこないだろう。

ダメだ。気力が持たない。ふらふらの状態で、アメルン伯爵家の玄関をくぐる。

シビルが私の体を支え、耳元で囁いてくれた。

アナベルが部屋で待っていると。

一瞬で、私のふわふわしていた気持ちは、空の彼方《かなた》へとぶっ飛んだ。

一歩、一歩と、重い足取りでアナベルの部屋を目指す。

物語の勇者が、魔王に挑むときはこんな気分だったのか。あまりにも、恐ろしい。

ゆっくりゆっくり歩いていたのに、アナベルの部屋にたどり着いてしまった。

息を大きく吸い込んで、はきだす。もう一度……と思っていたら、突然扉が開いてアナベルが顔を覗かせた。

「あなた、何をちんたらやっているのよ！　早く入りなさい！」

口から心臓が飛び出そうになったのと同時に、アナベルに腕を引かれて部屋に入る。

私を気の毒そうに見つめるシビルと目が合った。

「ミラベル！　どういうことなのよ！　朝帰りを通り越して、お昼に帰ってくるなんて！」

「す、すみませんでした」

「叔父様《おじさま》なんか、デュワリエ公爵がミラベルを連れ帰ったと聞いて、白目を剥いて倒れてしまったのよ⁉　それはそうとして、デュワリエ公爵に、変なことをされていないでしょうね⁉」

変なことと聞かれて、走馬灯《そうまとう》のように思い出してしまう。

一緒の寝台で一夜を明かし、遅すぎる朝食を共にした。そして最後に、デュワリエ公爵は私を守ると宣言し、手の甲にそっと口づけしたのだ。

昼の感触を思い出して、顔がカーッと熱くなっていく。

「ちょっと、なんなの、その反応は？　あなたまさか本当に、デュワリエ公爵に処女を捧げたのではないわよね？」

「ち、違う！　そんなことしていないわ！」

「神に誓える？」

「誓えます！」

それを聞いて安心したのだろう。アナベルは長椅子にどっかりと腰掛け、ため息をついた。

「昨日は、申し訳なかったわ」

「へ⁉」

あの傍若無人《ぼうじゃくむじん》な暴君アナベル様が、謝っている？　我が耳を疑ってしまった。

「え、な、何が？」

「何がって、コランティーヌ嬢のことよ」

「あ、ああ～～！」

そんなことがあった気がする。それ以降のデュワリエ公爵とのやりとりがすさまじくて、すっかり記憶の彼方に飛んで行っていた。

「まさか、わたくしより先に、あなたに喧嘩をふっかける者がいるとは思わなくて」

「私も驚いたわ。彼女は、どうなったのかしら？」

「さあ？　それよりも、頬の怪我は大丈夫だったの？　化粧で上手く誤魔化しているようだけれど」

「ええ、大丈夫。心配しないで。痛みはもうないわ」

「だったらいいけれど」

頬の傷を隠すために、全体の化粧を濃く施してくれたようだ。おかげで、手を加えずともアナベル風の化粧が完成したわけだ。

「本題に移るけれど――婚約破棄は、できたのよね？」

アナベルの問いかけに、言葉を失ってしまった。

「騒ぎを利用して、上手く言い訳できたわよね？」

最大限の努力はした。けれど、相手は何倍も、何十倍、いいや、何百倍も上手《うわて》だったのだ。

「その様子だと、婚約破棄できなかったようね」

「ひゃい……」

なんとか絞りだした言葉が、「ひゃい」だった。

もっと、ごめんなさいとか、すみませんとか言葉はあるのに、「ひゃい」って……。

「シビル、用意を」

「……はい」

「早くなさい！」

「は、はい！」

何を準備するのかと思えば、シビルはアナベルの衣装部屋から大きな旅行鞄《かばん》を持ってくる。

「アナベル、どこに行くの？」

「修道院よ」

「ちょ、ちょっと待っ、お、お待ちになって‼」

アナベルに駆け寄り、動けないようにぎゅっと抱きつく。

「は、離しなさい‼　わたくしは、アメルン伯爵家とフライターク侯爵家の婚姻を阻《はば》むために、修道院に行かなければ、いけないのよ‼」

「ダメ、アナベル！」

「止めないで、ミラベル！」

「もしも行くときは、私も一緒だから！」

「馬鹿なことを言わないで！　なんで、あなたも一緒に修道院へ行くのよ！」

「だって、伯父様は野心家なんだから！　アナベルがいなくなったら、私がフライターク侯爵と結婚することになるかもしれないから！」

それを聞いたアナベルは、もがくのを止めた。落ち着くように、背中を優しくなでながら話しかける。

「アナベル。私達は、いつも一緒だったでしょう？　離れるなんて、絶対に嫌よ」

「ミラベル……！」

アナベルは私をぎゅっと抱き返す。彼女の温《ぬく》もりを感じているうちに、気分が落ち着いた。それは、アナベルも一緒だろう。

私とアナベルはきっと、神様から与えられた祝福をふたつに分け合った状態で生まれてきたのだろう。だから、何をするにも一緒でないといけない。

「アナベル、落ち着いた？」

「ミラベル、あなたこそ」

「私は、大丈夫」

「わたくしもよ」

視線で、シビルに「危機は回避できた」と伝える。シビルは嬉しそうに頷き、持っていた旅行鞄を元あった場所に戻しに行っていた。

落ち着きを取り戻した私達は、再び長椅子に腰を下ろす。

「あなた昨晩、デュワリエ公爵に婚約破棄をしなければ手を離さないと、騒いでいたようね」

「みたいだね。まったく記憶にないんだけれど」

「話を聞いて、呆れたわ。結局手を離さなくて、そのまま連れて帰ったって。あなた、寝るときまで離さなかったのではないわよね？」

「その、まさかで」

アナベルは「はーーーー」と、盛大なため息をつく。

「デュワリエ公爵が紳士《しんし》であったことに、感謝なさい」

「わかっております」

「それで、デュワリエ公爵はそんな騒ぎを起こした呆れたあなたと、婚約破棄はしたくないと」

「ま、まあ、そんな感じで」

「デュワリエ公爵は、よほどあなたのことが気に入ったのね」

その指摘に、胸がズキンと痛む。

デュワリエ公爵が気に入ったのは私ではなく、アナベルだ。だって私はずっと、アナベルの演技を続けていたのだから。

「デュワリエ公爵がお気に召しているのは、私ではなくて、アナベルなの」

「ありえないわ。言っておくけれど、ミラベルの演技は、完璧ではないのよ。たしかに、振る舞いや言動はそっくりよ。けれど、演技にあなたの人の好さが滲み出ているのよ。何度も会って、ミラベルについて深く知ろうと思った人は、気付くはず」

「そ、そんなこと……！」

否定したかったが、ふと思い出す。デュワリエ公爵は、私をこう評していた。

――本当のあなたは、どこか抜けていて、おっちょこちょいで、お人好しなのでしょう。

はっきり、私の本質について見抜いていた。

ということは、デュワリエ公爵が気になる相手は、アナベルではなく私なの？

「ミラベル、あなたも、デュワリエ公爵が好きなのでしょう？」

「は⁉　ど、どうして⁉」

「だってあなた、耳まで真っ赤よ。その顔はどう見ても、恋する人そのものだわ」

ありえない。私が、デュワリエ公爵に好意を抱いているなんて。

「ち、ちちち、違う！　違うから！　絶対、絶対に、違う！」

「あなた、恋をしたことはないの？」

「それは……！」

ない。誰かに恋い焦《こ》がれるなんて、一度もなかった。

「胸が苦しくなって、切なくなって、ふとした瞬間に、相手の顔が思い浮かぶの。これが、恋よ。心当たりは、あるでしょう？」

心当たりが、ありすぎた。アナベルに「素直になりなさい」と言われて気付く。

私は、デュワリエ公爵に恋をしているのだと。

「なんだったら、あなたがアナベルとして、デュワリエ公爵に嫁いだらいかが？」

「いやいやいや、ないないないない、とんでもない‼」

アナベルが歩むべき人生を、私が奪い取るわけにはいかない。

「もしも、わたくしがミラベルになれるのならば、自由に恋ができるわ！」

「こ、恋？」

問いかけに、アナベルはコクリと頷く。

そういえば、好きな人がいると言っていたような。

「アナベルが私になったら、恋が成就《じょうじゅ》するの？」

「いいえ、わたくしの恋は、一生成就しないわ。だって、あのお方は、とても病弱な人だもの」

ずっと、気になっていたのだ。アナベルの好きな人について。

なんとなく、聞けずにいた。

兄と一緒にいることが多かったので、もしかしてアナベルが好きなのは兄では？　そんなふうに推測するときもあった。

けれど、朴念仁《ぼくねんじん》でぼんやり屋さんな兄とアナベルの恋なんて、まったく想像できない。

やはり、別に好きな人がいたのだ。

「あの、アナベルの好きな人って、誰？」

「わたくしがお慕いしているのは、王太子様よ」

アナベルが恋い焦がれる相手は、王太子だって⁉

「えっ、いや、どこで、王太子様とお会いしたの？」

王太子はデュワリエ公爵以上に社交場に顔を出さない、稀少《きしょう》王族だ。その理由は、病弱だからなのだろう。

なんでもアナベルは、兄に乗馬を習っていたらしい。そんな中で、王太子がピクニックを主催する。兄はお馬さん係として同伴していたのだが、アナベルも同行したのが出会いのきっかけだったらしい。

「三年前の話かしら。それがきっかけで、わたくしと王太子様は、文通を始めたの」

アナベルと王太子は文通を続けていたようだがピクニック以来、顔を合わせることは一度もなかったようだ。

「ちょうど、一年前くらいから、王太子様の具合が急に悪くなられて」

「そうだったわね」

社交界デビューをしても、アナベルは王太子に会えなかった、というわけだ。

ふたりの文通の運び手は、兄ベルトルトだったらしい。我が家に遊びに来ていたときも、王太子の話で盛り上がっているようだ。

「てっきり、アナベルはお兄様が好きなのだと勘違いしていたわ」

「違うわよ。ベルトルトは、わたくしのお兄様でもあるのよ。それに、彼にも恋人がいるわ」

「え、そうなの⁉」

まさか兄に、恋人がいるなんて。早く両親に紹介すればいいのに。

「いろいろあるのよ。紹介してくれるのを、ゆっくり待っていなさい」

「そうね」

王太子には決まった婚約者はいない。現在は、ベッドから起き上がれないほど、病状が悪化しているようだ。

結婚話が浮上しても、面会もままならないという。

「手紙も、今はベルトルトが代筆している状態なの」

「そう、だったのね」

ペンすら持てないほど衰弱《すいじゃく》しているらしい。思っていた以上に、王太子の病状は深刻なようだ。

このままだったら、王位を継承するのは本当に第二王子になってしまう。

「難しい問題ね」

「ええ」

王太子の病気は、医者にも診断がつかないという。

「子どものときは健康で、お元気だったようだけれど」

「いったい、なんの病気なのかしら?」

「国中の医者を集めて、診断させているようだけれど」

王太子が病魔に蝕《むしば》まれているので、伯父はメラメラと野心を燃やしているのだろう。

「ごめんなさい、ミラベル。この話は、止めましょう」

「そ、そうね」

話題をデュワリエ公爵との婚約話に戻す。

「デュワリエ公爵は、伯父様と一度話をするとおっしゃっていたわ。フライターク侯爵家と婚約することの危うさは、彼も気付いているようなの」

「そう、だったのね」

「ええ。悪いようにならないよう、働きかけてくれることを願うばかりだけれど」

「わかったわ。もしも、デュワリエ公爵との婚約が継続となったら――」

アナベルはデュワリエ公爵と結婚する。それが、最善の道だろう。

胸がズキンと痛んだが、仕方がない。

アナベルだって、大好きな王太子と結婚できるわけではないから。

初恋とは、実らないものなのだろう。

「ミラベル、いろいろとありがとう。あなたのおかげで、アメルン伯爵家は凋落を回避できそうだわ」

「まだ、わからないけれど。そうならないことを、祈っているわ」

アメルン伯爵の運命は、デュワリエ公爵が握っている。どうにか、伯父に打ち勝ってほしい。

心の中でデュワリエ公爵を応援していたら、アナベルがとんでもないことを口にした。

「もしも、デュワリエ公爵がこのままうちとの婚姻をしたいと望んだ場合は、ミラベル、あなたが結婚なさい」

「え、なんだって？」

「だから、デュワリエ公爵が私との結婚を望んだら、ミラベル、あなたが責任を持って結婚するのよ」

「いやいやいや、アナベルさん、それ、おかしくない⁉」

「なんでよ。あなたがデュワリエ公爵に好かれたから、こんな状況になったのよ。責任を取りなさい」

「ちょっ、待って。ちょっと、アナベルはどうするの？」

「ミラベルとして生きるわ」

「ないないないない、ありえない‼」

「ありえるわよ。ほら」

アナベルが、一枚の紙を差し出す。そこには、父の字でとんでもないことが書かれていた。

〝娘ミラベルは、もしもデュワリエ公爵が結婚を望んだ場合、アナベルとして嫁ぐことを認めます〟

「でええええっ⁉　お、お父様ったら、なんてことを⁉」

「ミラベル、これも、あなたのせいだからね」

「な、なんで、私のせいなの？」

「昨晩、デュワリエ公爵家に泊まることになったと聞いたら、ミラベルを疵物《きずもの》にされたと騒ぎ出して」

「いや、なってないから」

「証拠はないでしょう」

あまりにも父が動転するので、アナベルは「デュワリエ公爵に責任は取らせるわ」と言ったらしい。

「つまり、デュワリエ公爵が結婚を望んだら、あなたがアナベルとして結婚するのよ」

どうしてこうなったのか。頭を抱え込んで叫んでしまう。

「諦めなさい、ミラベル。デュワリエ公爵に好かれてしまったのが、運の尽きよ」

デュワリエ公爵家と婚姻を結んだら、アメルン伯爵家は安泰《あんたい》だ。アナベルはそんなことを耳元で囁く。

「一家揃って破滅か、それとも、公爵夫人になって左団扇《ひだりうちわ》か、どちらがいいかわからないほど、愚かではないでしょう？」

「うう……！」

弱みにつけ込んで、共に悪事を働こうと誘う。まるで、悪魔であった。

もう、受け入れるほかないのか。

「まあ、デュワリエ公爵が婚約を破棄してくれたら、あなたは自由なんだけれど」

「デュワリエ公爵、どうか、婚約破棄してくださいっ!!」

思わず祈るように、叫んでしまった。

この先どうなるかは、神のみぞ知るというものなのだろう。

どうかこの先の未来に、平穏が訪れますように。

そう、願うばかりだ。

番外編　身代わり伯爵令嬢だけれど、ティーパーティーは戦場です

今日も今日とて、私はアナベルの身代わりでお茶会へ赴く。

もう身代わりなんてしたくないとか訴えたが、デュワリエ公爵が関わっていなければ楽しい。

だって、最先端のドレスを着て、流行の装身具を身につけ、きれいに髪を結《ゆ》ってもらい、化粧をして美しく仕立ててもらえるのだ。

茶会では、三時間以上並ばないと買えない人気パティスリーのお菓子が、これでもかとふるまわれる。香り高い紅茶は、淹《い》れたてが飲み放題だ。

最高としか言いようがない。

これが嫌だなんて、アナベルはどういうつもりなのか。きっと、普段からきれいな恰好をして、おいしいお菓子とお茶を食べたり飲んだりしているので、そんなふうに言うのだろう。

と、そんな脳天気な考えをしていたのは、デュワリエ公爵の身代わり婚約者をするまで。

軽い気持ちで引き受けた身代わりが今、とんでもない状況を巻き起こしている。

もう、暴風雪にさらされて寒い思いをしたくない。けれど、受けた身代わりは最後まで務めあげなければならないのだ。

一歩行動を間違えば――一家凋落の危機である。

戦々恐々としながら、私は身代わりを務めている。

しかしまあ、悲観ばかりしていても、暗い気分になってしまう。

デュワリエ公爵が次の行動を起こすまでの間だけでも、現実から目を背《そむ》けて楽しもうとしていた。

◇　◇　◇

本日招待されたのは、シャノワール伯爵家のマリアンナ様が開くお茶会。

初めて会うご令嬢なので、気楽だ。アナベルと交流があると、話した会話や当時まとっていたドレス、容姿などを覚えて臨まなければならないから。

本日は天気がよく小春日和なので、ガーデンパーティーを行うことに急遽《きゅうきょ》決まったのだとか。

ただ、冬なのでドレス姿ではそこそこ寒い。

いくら寒くても、お茶会で外套《がいとう》をまとうのはマナー違反。オシャレは我慢が大事なのだ。

まあ、温かい紅茶でも飲んでいたら、体が温まるだろう。

庭には真っ赤な冬薔薇《ふゆバラ》が咲き誇っている。これを、自慢したかったのか。

しかし皆、寒さばかり気にして、薔薇について説明するマリアンナ様の話なんて聞いていない。

これに関して、物申す者が現れた。

「なんなの？　こんな寒い場所で、お茶を飲めだなんて！」

苛烈に伯爵家令嬢を批判するのは、ブルダリアス侯爵家のカロリーヌ様である。

艶《つや》のあるグレージュの髪をふんわり巻いて、オリーブの瞳をらんらんと輝かせる、長身の美しいご令嬢だ。

「いくら小春日和とはいえ、今は冬。外でお茶を楽しむなんて、できるわけないわ！」

ド正論だが、ここがもてなしの場であるのならば、口にすべきではない。それが、マナーだから。もてなされる側は、どんなものでも受け入れなければならないのだ。

マリアンナ様は、涙目になっていた。可哀想に。

「もう、お茶会なんて、お止めになったら？」

「……」

いたたまれない空気となる。このままでは、お茶会はお開きになってしまうだろう。

たしか、マリアンナ様は初めてのお茶会主催だったような。お開きとなったら、あまりにも気の毒である。

それに、ここまで来たのにお菓子のひとつすら食べられないなんて、絶対にありえない。

アナベルに扮する私は、一歩前に出てマリアンナ様に助言する。

「マリアンナ様、一つご提案なのだけれど。あちらにある、温室でお茶を飲みませんこと？　温室からも、美しい薔薇の花はよく見えますし。ついでに、温室の花々も、楽しめますわ」

私の助言を聞いたマリアンナ様は、パッと表情が明るくなる。

「アナベル様、すばらしいお考えですわ！　さっそく、準備いたします」

マリアンナ様は使用人に命じ、外に並べられたテーブルや椅子、茶器などが温室のほうへと運ばれた。

マリアンナ様は、皆の前で深々と頭を下げる。

「皆様に薔薇の花を楽しんでいただきたいと思うあまり、寒い思いをさせてしまって申し訳ありませんでした」

真摯《しんし》に謝るので、場の空気は和らぐ。人間、素直が一番なのだろう。

カロリーヌ様みたいな素直は、少々困るのだが。

チラリと横目で見ていたら、カロリーヌ様が鋭い目で私を睨んでいた。

なぜ、私を睨む？

マリアンナ様が温室へ向かったあと、お茶会に招待されたご令嬢達が集まってきた。

「さすが、アナベル様ですわ」

「温室でお茶を飲むなんて、思いつきませんでしたわ」

「すばらしい機転です」

次々と、賞賛される。

「実は、わたくし、寒さに弱くて」

「わたくしも」

「この場でお茶を飲むなんて、ゾッとすると思っていたのです」

皆、私のおかげで、寒い思いをせずに済むと、口々に賞賛した。

ここでやっと、カロリーヌ様が私を睨んだ理由を察した。

せっかく、カロリーヌ様がズバリと指摘したのに、私が口を挟んだせいで皆の賞賛をかっ攫ってしまったのだ。

「ちょっと、あなた――」

カロリーヌ様が私に声をかけた瞬間に、マリアンナ様がやってくる。

「みなさま、温室の準備が整いました。どうぞ、中へ」

次々と温室へ移動する中、私はカロリーヌ様を見る。何か言いたげだったが、私の顔を見るなり「ふん！」と言い、温室のほうへと向かっていった。

私も、あとに続く。

思っていた通り、温室は暖かい。温室では南国の果物を栽培しているようで、柑橘系の爽やかな香りが漂っている。ガラスは庭師がよく手入れしているのだろう。曇りひとつない。おかげで、薔薇がよく見える。

「本当に、美しい薔薇の花ですわ」

「目の保養です」

「わたくしの実家も、このように美しく仕立てていただきたいですわ」

自慢の薔薇を次々と絶賛され、マリアンナ様は嬉しそうに微笑んでいた。

お茶会が始まってすぐにお開きにならなくて、本当によかった。心から安堵する。

ある程度お茶を楽しんだら、お菓子がサーブされる。

一品目は、リンゴを薔薇に見立てたアップルパイであった。

薄くカットしたリンゴを薔薇シロップで煮込むことにより、色づけしているらしい。それを、一枚一枚丁寧に重ね、薔薇の花のように仕上げている。

一口食べたら、薔薇の芳醇《ほうじゅん》な香りとリンゴの酸味が口いっぱいに広がる。生地もサクサクで、中に絞ったカスタードクリームの味わいを際立たせてくれる。

すばらしいアップルパイであった。

そんなアップルパイは大胆にカットされた一切れだったので、お腹がいっぱいになってしまう。

それなのに、二品目のお菓子が運ばれてきたのだ。

「薔薇のクッキーと、メレンゲ焼きでございます」

薔薇のエキス入りのクッキーは、薔薇の型でくり抜いた一品だ。メレンゲ焼きにも、当然ながら薔薇のシロップが使われている。どちらも口に含んだ瞬間、薔薇が豊かに香った。

続けて、三品目も運ばれてくる。

「薔薇のムースでございます」

とてもおいしそうだったが、私のお腹はすでに百二十パーセントも満たされている。これ以上、何も入らない。

涙ながらに、ギブアップしてしまった。

そのあとも、おいしそうなお菓子が次々と運ばれてくる。すべて制覇《せいは》した猛者《もさ》はさすがにいなかった。

食べたいお菓子がたくさん出てくるとわかっていても、おいしいお菓子が出されたらたくさん食べてしまう。お茶会あるあるだろう。

たいてい、一品目に勝負のお菓子を持ってくるので、いつも食べすぎてしまうのだ。

そんな感じで、おいしいお菓子に大満足したお茶会であった。

最後に、カロリーヌ様が私に問いかける。

「そういえば、アナベル様は、ティーパーティーはいつ開くの?」

場の空気が、ピリッと震えたような気がした。聞き方がとげとげしかったからだろうか。

マリアンナ様なんて、白目を剥いている。大丈夫なのか、心配になった。

アナベルは先日、お茶会を開いたばかりである。次回開催は未定だと。いつと聞かれても、予定は未定である。だから、やんわり流すことにした。

「そのうち」

私の答えに、場の空気が凍った——ような気がした。

マリアンナ様が、すぐに取り持ってくれる。

「みなさまに、薔薇のお土産《みやげ》を作りましたの。それぞれの侍女に預けておりますので、家で楽しんでくださいまし」

ここで、お茶会はお開きとなった。

帰宅後、薔薇の花束を持ってアナベルに報告に行った。

「アナベル、これ、マリアンナ様の家に咲いていた薔薇。もらってきたの」

「私、薔薇の花って、あまり好きではないの。ミラベルが持って帰ってちょうだい」

「そ、そうですか」

アナベルは〝社交界の赤薔薇〟なんて呼ばれているのに、薔薇が苦手なんて。

まあ、ありがたくいただくけれど。

「そういえば、今日のお茶会は、ブルダリアス侯爵家のご令嬢がいたそうね」

「あー、カロリーヌ様ね」

「どうだった？」

「睨まれた」

「やっぱり」

「やっぱりって、どういうこと？」

アナベルの社交帳に、カロリーヌ様の名前はなかった。たしか、今日が初対面のはずだ。

それについて、アナベルが事情を語る。

「ブルダリアス侯爵令嬢は、デュワリエ公爵の有力な花嫁候補だと言われていたのよ」

家柄的にもつり合い、ブルダリアス侯爵家がデュワリエ公爵家と同じ王太子派であることから、結婚相手はカロリーヌ様しかいないと言われていたらしい。また、カロリーヌ様は、デュワリエ公爵に恋い焦がれているという噂も一時期流れていたという。

「な、なんで教えてくれなかったの？」

「ミラベルが意識しないよう、あえて社交帳に情報を書いていなかったのよ」

「そう、だったんだ」

「その様子だと、彼女と何かあったのね」

「まあ」

本日あった一連の流れを、アナベルに伝える。すると、深く長いため息を返された。

「そんなの、ブルダリアス侯爵令嬢でなくても、不快に思うわ」

「で、ですよね」

だって、危うくお茶会が中止になりかけていたのだ。阻止するのに、必死だったわけである。

「まあでも、そのまま解散する流れに誘導されていたのならば、マリアンナ様はあなたに感謝したでしょうね」

「だといいけれど」

最後に、ブルダリアス侯爵令嬢とバチバチしてしまったことも、付け加えておく。次に会ったときに、喧嘩にならないよう祈るばかりだ。

報告は以上。疲れたので、さっさと家に帰ってお昼寝をしたい。そんなことを考えていたが、アナベルより話は終わっていないと引き留められる。

「え、何?」

「何、ではないわよ。あなた、ブルダリアス侯爵令嬢の前でお茶会を開くかと聞いたときに、〝そのうち〟と答えたのでしょう?」

「ええ」

「それ、宣戦布告を受けたことになるのよ」

「え、何それ?」

「ミラベル、あなた、もしかして去年流行《はや》った〝貴族令嬢物語〟を知らないの?」

「知らないわ。ロマンス小説かしら?」

「そうよ」

ロマンス小説は古典がいいとシビルが勧めてくれたので、百年前くらいの古いものを読みあさっていた。最近発売したものは、一冊も読んでいない。

「貴族令嬢の誰もが読んだ本と帯に書かれてあるような本を、読んでいないだなんて」

発行部数三百万部の、大ヒットロマンス小説らしい。

「その中に、ライバル令嬢とバトルするシーンがあるの」

もちろん、武器を持って戦うものではない。貴族令嬢にとっての武器は、言葉とマナー、それからほどよい教養だ。

「主人公とライバル令嬢の、有名なシーンよ」

物語の中でライバル令嬢が「ティーパーティーはいつ開くの?」と問いかける。それは、「あなたは敵なので、叩き潰します」という意味が含まれているらしい。

敵対するつもりがなければ、「予定はございません」と答える。

敵対するつもりであれば、「そのうち」と答えるのだという。

「待って。私、〝そのうち〟と答えたわ」

「そうよ。あなたは、はっきりブルダリアス侯爵令嬢に、敵対すると宣言してしまったの」

なんて恐ろしい返しをしてしまったのか。ガクブルと、震えてしまう。

「まあでも、安心なさい。女達の争いは、家の派閥争いには影響しないから」

ただ、プライドに関わる問題は残るという。

「相手を負かすには、お茶会を成功させないといけないのよ」

「へえ、そうなんだ～って、もしかして、お茶会を計画して、カロリーヌ様を招待しなければいけないの?」

「当たり前じゃない。買った喧嘩は、きちんと勝敗を決めるものよ」

最悪だ。私が社交界の流行に疎《うと》いばかりに、とんでもない状況を招いてしまった。

「ど、どどど、どうしよう、アナベル！」

「どうもこうも、お茶会を計画して、ブルダリアス侯爵令嬢を招くしかないじゃない」

「アナベルが？」

「なんでわたくしなのよ。お茶会を計画して、ブルダリアス侯爵令嬢を招待し、おもてなしをするのは、あなた、ミラベルよ」

「いやあああああああ‼」

あまりの恐ろしさに、思わず大絶叫してしまった。アナベルから「うるさいわね」と言われてしまう。

「私、お茶会の計画とか、仲良くない人を招くとか、おもてなしとか、絶対無理！　アナベル、お願い！　当日だけでいいから、身代わりで参加してくれない？」

「どうして、ミラベルの身代わりをしなければならないのよ。ミラベルが扮するわたくしの身代わりをわたくしがするなんて、おかしいでしょうが」

「そ、そうだけれど」

「お茶会を開催するというのは、あなたが勝手に言いだしたことでしょう？　自分自身で頑張りなさいな」

「そ、そんな〜〜〜〜‼」

アナベルは一切協力する気はないらしい。あまりにも酷すぎる。

なんとか粘《ねば》って頼み込んだが、頑固なアナベルが頷くことはなかった。


とぼとぼ歩きながら、帰宅する。

こうなったら、お茶会を計画する他ないのだろう。

心配するあまり、胃がじくじくと痛む。夕食も、まともに食べられなかった。

そんな私を、家族は心配してくれた。

「おい、ミラベル。メインの肉を、半分も残すなんて、どうしたんだ？」

「いつも、お肉の日はお菓子を控えるほど、楽しみにしているのに」

「お腹でも、痛いのか？」

私の健康状態を、食欲で推し量らないでほしい。切実に、訴える。

「こういう日も、あるの」

家族は心配そうにしていたが、お茶会のことを相談したら余計に心配をかけてしまうだろう。だから、今日は多くを語らなかった。

部屋に戻り、頭を抱えて考える。

一応、アナベルが茶会を開催するために、伯父から予算を確保してくれたという。それで、茶器や茶葉、お菓子を買っていいらしい。必要であれば、テーブルクロスや花瓶なども買いそろえていいという。

だが、いくら予算があっても、センスが皆無《かいむ》だったら台無しになる。

お茶会の失敗は、アナベル様のプライドに傷が付いてしまうだろう。それだけは、絶対にあってはならない。

ブルダリアス侯爵令嬢――カロリーヌ・ド・ボンテールは、油断ならない人物だとアナベルは解説していた。

これまでは、関わらないようにひたすら避けていたらしい。

あのアナベル様でさえ、接触したくない相手を、満足させることなど不可能に近いのではないか。

お先まっくらの未来しか、想像できなかった。

アナベル曰《いわ》く、お茶会でその人の実力がわかると。

もてなす場の設営や、もてなすさいに出すお茶やお菓子を選ぶ判断力、茶器の趣味まで見られるらしい。

ただ、いいお茶やお菓子を出すだけでは芸がない。驚きや楽しみを織り交ぜ、充実した時間にすることも重要だという。

お粗末なお茶会を開いたら、社交界の笑い者になってしまうというわけだ。

カロリーヌ様が文句を言えないような、そつのないお茶会を開かなければならない。

何か、カロリーヌ様が「ぐぬぬ！」と負けを認めるような要素があるはずだ。

彼女の弱みは、何かあっただろうか。美人だし、家柄はいいし、友達も大勢いる。最強なのでは？　と思ってしまった。

一方で、私なんか弱みだらけだ。アナベルの身代わりなんてやっているし、デュワリエ公爵に目をつけられているし……。

と、ここで気付く。

カロリーヌ様はデュワリエ公爵に好意を寄せていると、アナベルが言っていたような。

彼女の弱みは、デュワリエ公爵だろう。

たとえば、だ。茶器をデュワリエ公爵に選んでもらった場合、文句をつけられたときに「こちらはデュワリエ公爵が選んだ品ですわ」と返すことができる。

「これだ‼」

思わず、叫んでしまった。

常日頃から、一級品にばかり触れている人である。詳しいに違いない。

お菓子やテーブルコーディネイトについては、フロランスを頼ろう。以前、そういうのが好きだと話していたのだ。

まず、デュワリエ公爵に手紙を書く。お茶会を開くので、一緒に茶器を選んでほしいと。

フロランスには、事情をすべて書いたので、便せん十枚分と超大作になってしまった。

まあ、いいだろう。

ふたりとも、筆まめだった。翌日には、返事が届く。

デュワリエ公爵とフロランスは、私の要望に対して了承してくれた。

まず、デュワリエ公爵と茶器選びに行くこととなった。


三日後――約束の日を迎えた。

髪はハーフアップにしてもらい、ドレスはベリーカラーの華やかな一着を選んだ。

寒いので毛皮の外套を着込み、シビルと共にデュワリエ公爵家の馬車に乗り込む。

座席に座っていたデュワリエ公爵は、腕組みして険しい表情でいた。

眉間には皺が寄っており、ご機嫌には見えない。

「デュワリエ公爵、どうかなさって?」

「アナベル嬢は私が茶に誘っても断るのに、突然茶会を開くと言うものだから、面白くないと思いまして」

私が誘いに乗らないから、ご立腹だと。がっくりとうなだれそうになったが、なんとか背筋をピンと伸ばしたまま応じる。

「わたくしも、いろいろと忙しくて」

「何をしているというのですか?」

「それは、なんというか――」

アナベルの身代わりで茶会に参加したり、手紙の返事を書く手伝いをしたり、身代わりの打ち合わせをしたり。社交期は、のんびりする間もないくらい、忙しいのだ。

なんてことは、言えるわけもなく。

デュワリエ公爵の不満そうな視線が、グサグサ突き刺さる。何か、言い訳をしなければ。

こういうときに限って、思いつかないものだ。シビルに助けを求めても、ぶんぶんと首を横に振るばかり。

困り果てていたら、デュワリエ公爵のほうが挙げてくれた。

「もしや、隠れて花嫁修業でもしているのですか？」

「は、花嫁修業⁉」

そんなものは、欠片もしていない。けれど、せっかく挙げてくれたので、そうだと頷いておく。

「別に、花嫁修業など必要ありません。ありのままのあなたを、デュワリエ公爵家は受け入れますから」

「わー、優しい」

アナベルの演技を忘れて、率直な感想を口にしてしまう。けれど、デュワリエ公爵は違和感を覚えることなく、満足げに頷くばかりであった。

仕上げとばかりに、重ねて謝罪をしておく。

「勝手なことばかりで、申し訳ありません。初めてのお茶会なので、どうしても成功させたくて。

誰に相談していいのかわからず、デュワリエ公爵を頼ったわけです」

「そう、だったのですね。そんな事情があるのならば、早く言ってくださいい。いくらでも、手を貸します」

デュワリエ公爵の眉間の皺が解《ほぐ》れた。機嫌は直ったようなので、ひとまずホッ。

デュワリエ公爵が連れて行ってくれたのは、陶器を扱う会員制の超高級店。

世界中の陶器や磁器の食器を取り寄せ、販売しているという。こんなお店で買い物をし、請求書を送ったら伯父は目ん玉が飛び出すのではないか。心配になった。

白で統一されたシックな店内に飾られた食器を、引きつった笑いを浮かべながら見て回る。店員はいない。決めたら呼ぶと、デュワリエ公爵が言ってくれたのだ。

「新しい茶器を、と言っていましたね」

「ええ」

デュワリエ公爵は店員でもないのに、売り場まで案内してくれた。

「今の流行は、磁器だと聞いたことがあります」

我が国には製造方法は伝わっていないという磁器。美しい照りと、精緻な模様、それから驚くほど軽いのが特徴だろう。アナベルの実家でも、特別なお客さんを迎えるときだけ、磁器の食器を使うと話していた。

おそらく、とんでもなく高価なのだろう。日常使いなんてできる代物ではない。

真珠のように輝く磁器が、ずらりと並べられていた。

繊細に描かれた模様は、すべて職人の手描きだという。何ヶ月もかけて、一揃えの茶器を作るのだろう。

どの品にも値札はついていないが、伯父が白目を剥くような値段であることは確実だ。

このままでは、アナベルが伯父に怒られてしまう。磁器を買ったせいでアメルン伯爵家が傾くことなど、あってはいけない。

「あの、磁器ではなく、こ、今回は、陶器の茶器で」

「あれなんか、いいのでは？」

デュワリエ公爵が指差したのは、黄色いほわほわした花が描かれた茶器のセットである。華やかな花に紛れて、ひっそりと陳列されていた品だ。

「アナベル嬢、あなたのイメージに、ぴったりです」

あれは、タンポポだろう。その辺の道ばたに咲いている、野草だ。

あまりにも素朴《そぼく》で、地味な花だ。いや、確かに私にお似合いだけれど。

アナベルは〝社交界の赤薔薇〟と呼ばれているのに、私はタンポポだなんて。

がっくりしつつも、これ以上私に似合う花はないのではと思ってしまう。

「いかがですか？」

「あ、えっと、可愛くていいと思うのですが、その、いささか予算オーバーと申しますか……！」

「気になる点は、予算ですか？」

「ええ、まあ」

「でしたら、私に贈らせてください」

「いや、ちょっ、待ってください。それはとんでもなく悪いです‼　今回は、陶器の茶器にしますので‼」

「別に、お気になさらず。結婚するときに、嫁入り道具として持ってくれれば我が家の物にもなりますので」

「あー、なるほど、名案！」

いやいや名案ではない。大丈夫だからと引き留めたが、デュワリエ公爵は聞く耳を持たない。

結局、タンポポの茶器をお買い上げしてしまった。

どうしてこうなったのか。

私はデュワリエ公爵と結婚する予定なんてないので、未来永劫タンポポの茶器がデュワリエ公爵家の物となる日はこないだろう。

「いつか、この茶器を使って、お茶を飲みましょう」

「え、ええ……」

買い物は大失敗としか言いようがない。

思うようにいかないのが、世の中である。この辺、諦めが大事だ。

◇　◇　◇

その翌日――ミラベルとしてフロランスと喫茶店で会う。

「ミラベル！」

「フロランス！」

一ヶ月ぶりに会うので、抱き合ってしまった。顔色はよく、声にも張りがある。元気そうで何よりだ。

「フロランス、本当に、顔色よくなったわ。ちょっと前まで、元気だと言っていても、顔が青白かったのに」

「はい！　ここ最近、自分でも不思議なくらい、調子がいいんです」

フロランスが元気だと、私まで飛び跳ねたいくらい元気になる。これ以上、嬉しいことはないだろう。

「でも、調子がいいからって、無理はしないでね」

「それはもちろん」

お兄さんにも、何十回と釘《くぎ》を刺されているらしい。なんというか、心配性なお兄さんだ。一度顔を拝見してみたい。いや、デュワリエ公爵なんだけれど。

そのうち、「妹は嫁にやらん！」とか言いそうだ。

「ミラベル、どうかしたのですか？」

「い、いえ、なんでもないわ！」

「でしたら、行きましょう」

「ええ」

本日フロランスが選んでくれた喫茶店は、その昔国王が愛人との密会のためだけに造らせた二階建てのモダンな建物である。

一階は喫茶店。二階は貸し切りのサロンになっているらしい。王都の中でも人気のお店で、予約は取りにくい。

中は天井が高く、品のあるシャンデリアがつり下がっていた。純白のクロスがかけられた円卓《テーブル》に、ベリーレッドの椅子が置かれていてなんとも可愛らしい。

席につくと、お皿の上にあるナプキンが、リボンみたいな形になっているのに気付いた。中心を銀の輪っかでしぼってあるようだ。

「わ、これ、可愛い！」

「最近、お茶会のときのナプキンを、リボンの形にして置くのが、王族の間で流行っているようなのです」

「なるほど」

王族といえば、流行の最先端。このお店は王族も通っているために、常に新しいものを取り入れようとしているらしい。

「これを、お茶会で、取り入れようかしら」

「そういえば、お手紙に書いてありましたね」

フロランスへの手紙には、「従姉のお茶会の準備を手伝うことになった」と書いておいたのだ。そういうことにしておいたら、違和感なく話を進められる。嘘は言っていないのだから、そこまで罪悪感もない。

まあ、主催は従姉《アナベル》ではなく、私なんだけれども。

「ごめんなさいね。突然、アドバイスを求めるなんて」

「いいえ。ミラベルの頼みですもの。ぜひとも協力したいわ」

「フロランス……！」

そんな話をしているうちに、お茶がサーブされる。給仕係が丁寧に、カップに注いでくれた。

フルーティーな、いい香りがする。匂いを吸い込んだだけで、幸せな気持ちになった。

傍にいた給仕係と目が合う。優しそうな女性で、にっこり微笑んでくれた。

「こちらは、リンゴにオレンジ、ハイビスカスなどをブレンドしたフレーバーティーでございます」

「へえ、お花が入っているのね」

「はい」

続けて、給仕係はフレーバーティーについて説明してくれる。

南国の花ハイビスカスには、美肌効果や疲労回復効果があるらしい。また、胃の調子を整えて消化を促してくれるようだ。

蜂蜜《はちみつ》を垂らして飲む。今まで飲んだことのあるフレーバーティーは、香りはいいけれど味はイマイチ……という感じだったが、このフレーバーティーはとてもおいしかった。

感想を伝えると、給仕係は嬉しそうに微笑んで、会釈したのちに部屋からいなくなる。

「フロランス、ここのお店、紅茶の知識とサービスが素晴らしいとしか言いようがないわ」

「そうなんです。お客さんひとりひとりに合わせて、お茶を選んでくれるお店なのですよ」

疲労回復効果のあるお茶を選んでくれたのは、私が疲れて見えたのだろうか。

言われてみれば、ここ数日お茶会の準備でバタバタしていた。昨日なんか、日付が変わるような時間まで、招待状を書いていたのだ。朝も早起きだったし、疲労がたまっていたのは確かである。

「お客さんに寄り添う接客——プロの仕事だね」

「本当に」

お茶会でもここまでできたら素晴らしい。が、さすがに当日参加者の状態を見て、お茶を選ぶ余裕なんてないだろう。

「お茶は、どんなものを出したらいいのかしら？」

「ここのお店に紅茶を卸《おろ》しているお店に行ってみますか？　そこでは、イメージを伝えて紅茶をブレンドするサービスを行っているのですよ」

「そんなお店があるんだ」

そこでカロリーヌ様のイメージを伝えて、紅茶をブレンドしてもらえばいいのだ。あなたのために、などと説明したら、カロリーヌ様も驚くだろう。

続いて、軽食とお菓子が運ばれてくる。

キュウリのサンドイッチに、ミートパイ、サブレ、マカロンにカスタードパイ、イチゴタルトにシュークリーム、エクレア、チョコレートタルト、と、食べきれないほどテーブルに並べられた。色とりどりで美しいが、一切れ一切れが大きい。全種類なんて、とても食べきれないだろう。

「フロランス、私、毎回悩んでいるの。お茶会のお菓子を全種類制覇したいのに、お腹いっぱいになって食べられないというのが」

「わかります」

一応、一口か二口食べて、侍女に下げさせたら問題はない。そのあと、残したお菓子はスタッフがおいしくいただくらしいので、お菓子も無駄《むだ》にならない。

けれど私は、他人に自分の食べかけを与えるなど、申し訳なく思ってしまうのだ。だから。お茶会では一度食べると決めたお菓子は絶対に完食する。

「昔みたいに飽食の時代ではないし、お茶会で出される大量のお菓子問題は、どうにかしなければならないと思っているの」

たくさん用意する意味は、その家が裕福であり、招待客を心からおもてなししますよ、という心の現れなのだという。

そんなことをしなくても、おもてなしの心は伝わると思うのだけれど。

そもそも、私だけでなく、参加者はコルセットで胴周りを締めつけているので、あまり食べられない。本当に無駄だと、思ってしまう。

「とにかく、最初の一切れで、だいたいお腹いっぱいになってしまうのが、もったいないんだよね」

「わかります」

フロランスも、菓子職人が作った大きなパイを食べきれず、残していたという。いつしかそれが申し訳なくなり、一口サイズで作ってくれないかと頼むようになったと。

「わたくしはそれを、一口大のお菓子――プティフールと呼んでいるのです」

「プティフール！　それだ！」

お菓子をすべて一口大に作り、たくさん種類を揃えたら見栄《みば》えもするだろう。おもてなしの心だって、きっと伝わるはずだ。

「最近、お菓子作りにもハマっているのです。自分で作って、たまにお兄様にふるまっているのですが、喜んでいただいております」

「へえ、自分で作るなんて、すごい！」

「そこまで、難しいものではないのですよ。お茶を飲むときお話の種にもなりますし」

「なるほど」

全種類、というのは難しいかもしれない。が、何か一品作ったら、会話のネタになるだろう。お茶会のためにわざわざ作ったとなれば、おもてなしの心も伝わるだろう。

「フロランス、ありがとう。いろいろと、アイデアが浮かびそう」

「よかったです」

その後、紅茶を売るお店でカロリーヌ様をイメージしたブレンドティーを注文し、ほくほく気分で家路に就く。

フロランスとお喋りして気分転換になったし、お茶会のアイデアも集まった。

今日はゆっくり休んで、英気を養おう。

◇　◇　◇

翌日から、プティフール作りを始める。

アナベルから預かった予算で食材を買い、お菓子作りが得意な元乳母《ばあや》に習うこととなった。

「ばあや、お茶会で出すお菓子を一品、作りたいのだけれど、素人《しろうと》が作ってもおいしいお菓子ってある？」

「そうですねえ。お菓子作りはきちんと分量を量って作ったら失敗はしないので、どれが簡単とか、難しいとか、分類しろと言われても悩んでしまうのですが」

ばあやはもともと、アメルン伯爵家のスティルルームメイドをしていた。

スティルルームメイドというのは、食品管理を主な仕事とする職業だ。他に、ジャムを煮たりお菓子を焼いたりすることもしていたらしい。

そんなばあやは、お菓子作りが大の得意なのだ。あのアナベルも、ばあやのお菓子は大絶賛している。

「ミラベルお嬢様は、どんなお菓子を作りたいですか？」

ひとまず、プティフール――お菓子を小さく仕上げたいということを説明する。

それからもうひとつ、条件を加えた。

「驚きがあるお菓子が、いいかな」

「驚きのあるお菓子、ですか」

「そう。たとえば、小さなパイにおいしいジャムが入っていたり、クッキーの中に、占《うらな》いが書かれた紙が入っていたり。そういうささいなことでいいの」

ばあやはしばし、考える素振りを見せる。難しい条件を出してしまったか。

「あの、ばあや。無理だったら別に――」

「白鳥を作ってみましょう」

「へ？」

「白鳥のシュークリームです」

「白鳥の、シュークリーム⁉」

なんだかとんでもなく難しいお菓子を考えてくれたようだ。

「それ、私にも作れる？」

「ええ。手順さえ守ったら、ミラベルお嬢様にも作れますよ」

「そっか」

ばあやの作るシュークリームは絶品だ。それに加えて、見た目にもこだわるとか最強だろう。

「他の、もっとシンプルなお菓子もございますが」

「いいえ、大丈夫。白鳥のシュークリーム、作ってみたい」

「では、頑張りましょう。わたくしめも、一口大で作るのは初めてなので、上手くいくかわかりませんが」

「一緒に頑張りましょう」

「はい！」

ばあやと私の挑戦が、始まる。

白鳥の形に仕上げるので、通常のシュー生地よりも硬めに作るらしい。

「まず、牛乳とバター、砂糖、塩、水を鍋《なべ》に入れて、加熱します」

分量を丁寧に量り、言われた通り鍋に入れて火にかける。くつくつと沸騰したら、小麦粉を加えてさらに混ぜるのだという。

「次に、火から鍋を下ろし、それに溶き卵を少しずつ加えて混ぜます」

片方の手は混ぜ、もう片方は溶き卵を注ぎ、鍋がズレたら元に戻す。手がいくつあっても足りない。

「溶き卵を入れ終えたら、あとは生地《きじ》がなめらかになるまで混ぜるのです」

「了解です」

生地がねっとりと仕上がったら、口金《くちがね》を入れた紙袋を用意する。それに生地を入れて、オリーブオイルを塗った鉄板に絞っていくのだ。

「シュー生地は膨らむので、一口大よりも一回り小さくなるよう絞ってください。形は丸ではなく、白鳥の胴体に見えるように卵型にしてください」

「こ、こう？」

「大きいですね」

お菓子作りを指導するばあやは、厳しかった。

ただ絞るだけでも難しいのに、一口大より小さく、卵型にしろだなんて。

「肩の力を抜いて、さっと絞るのですよ」

「むむむむ……！」

二十個目くらいで、やっと合格がもらえる大きさに絞れた。三十個目くらいには、コツを掴んだように思える。

「続いて、白鳥の頭から首にかけての絞り方を教えます」

「え、そこって、飴《あめ》細工とかではなく、シュー生地で作るんだ」

「そうなのですよ」

ばあやはらんらんと目を光らせながら、シュー生地を鉄板に絞る。

まず、頭の部分を作ったあと、Ｓ字を書くように絞るのだという。ばあやはささっと簡単に絞ったが、胴体よりも難しいだろう。

「ぐぐぐ……！」

「それでは首が短くて、アヒルになってしまいます」

二個目に絞ったのは、ガチョウだと言われてしまった。白鳥には、ほど遠い。

これに関しては、三十個くらい絞ったら、上手く作れるようになった。

「ふう」

「ミラベルお嬢様、まだ終わりではありませんよ」

「ま、まだあるの？」

「ええ」

白鳥のしっぽ部分も、作るようだ。

「このしっぽが、可愛さの核となります」

「わかる！　白鳥のしっぽ、可愛いよね」

湖にぷかぷか浮かび、しっぽをふりふり動かしながら泳いでいる様子は癒やしだ。その愛らしい様子をシュー生地で再現するなんて、ばあやは天才だと思った。

しっぽ部分は、他の部分よりも簡単だった。オリーブオイルを塗った鉄板に、小さなしっぽを絞っていく。

「次は、焼きに移ります」

ひとまず、ばあやも小さなシュー生地を焼くのは初めてだというので、私の失敗したものを試しに焼いてみる。

「焼いている間に、クレーム・シャンティイを作ります」

「え、何、それ？」

「生クリームに、グラニュー糖を加えて泡立てたものですよ」

「そんなオシャレな名前があったんだ」

まず、ボウルを二つ用意して、片方に氷水を張る。もう片方には、生クリームとグラニュー糖を入れ、氷水に当てながら混ぜるのだという。

これがまた、とんでもない重労働であった。

「ぐぬぬぬ！」

「ミラベルお嬢様、頑張ってくださいまし！」

生クリームをガシガシ混ぜていたら、焦《こ》げっぽい臭いが厨房《ちゅうぼう》に漂う。

「ん？」

「まあ！」

ばあやは慌てて、かまどのほうへと駆け寄った。手袋を嵌めて、鉄板を引き抜く。

「うわっ！」

鉄板の上のシュー生地は、真っ黒になっていた。クレーム・シャンティイ作りに熱中するあまり、シュー生地を焼いているということを忘れていたのだ。

「やだ……黒鳥になっちゃった」

ばあやは「はーー」と盛大なため息をつく。

「焼き時間は、短くていいみたいですね」

「だね」

この黒鳥は食べられない。だが、使い道があるらしい。

なんでも、砕《くだ》いて土に混ぜたら、植物の栄養のもとになるらしい。

「たまに、アリが集まって大変なことになるので、あまりオススメはしませんが。って、こんな知識、ミラベルお嬢様には必要ないと思いますが」

「ありがとう」

もしも、修道院に行くような事態になって、お菓子作りに失敗したら証拠隠滅《いんめつ》も兼ねてばあやのウラ技を使っていきたい。

「おしゃべりはこれくらいにして、シュー生地を焼きますよ」

「はーい」

今度は成功したほうの生地を焼く。ばあやはかまどの前に立ち、焼き時間を見定めていたようだ。

私はクレーム・シャンティイを仕上げる。

角《つの》が立つまで混ぜるらしい。これが、辛いのなんのって。やっとのことで完成させる。

シュー生地も、なんとかきれいに焼き上がったようだ。

「ミラベルお嬢様、焼けましたよ」

「わー、いい匂い！」

バターの香りが豊かな、シュー生地が焼き上がった。生地がやわらかい焼きたて状態で、加工するという。

「まず、シュー生地を横半分に切り、上部にV字の切り込みを入れます」

ここに、頭と首のパーツを差し込むようだ。これもまた、ばあやは簡単にやってみせる。実際に挑戦すると、生地が裂けたり、破れたりして、なかなか上手くできない。

「そこまで力を入れずに、スッと切り分けるのですよ」

「ううっ……！」

ばあやのフワッとした説明を聞きつつ、なんとか完成させる。

「あとは、しばらく粗熱《あらねつ》を取りましょう」

「はい」

ここでやっと、ひと休みである。

昨日、フロランスが紹介してくれたお店で買った、おいしいブレンドティーを飲むことにした。

「ばあや、今日は、私がお茶を淹れるね」

「そんな！　お嬢様に、淹れていただくわけには！」

「大丈夫。昨日、お店の人においしい紅茶の淹れ方を習ったの。それを、試したくって」

「そうでしたか。では、お言葉に甘えて」

まずはお湯を沸かす。ぶくぶく沸騰させるのが、おいしい紅茶が仕上がるコツなのだとか。

お湯が沸騰したら、ポットにお湯を注いで温めておく。このひと手間も、重要らしい。

ポットの中のお湯を捨てて、茶葉を入れる。ティースプーン一杯が一人分。人数分プラス一杯の茶葉を入れて、お湯を注ぐのだ。

蓋をして、しっかり紅茶を蒸す。砂時計を使って、きっちり計るのも大事らしい。

蒸し終わったら、ティーカップに茶こしを当てて紅茶を注ぐ。

「ばあや、できた！」

「あ、ありがとうございます」

ばあやが朝から作ったという、フランボワーズの焼きメレンゲと一緒にいただく。

まずは、ばあやがお茶を飲む様子を、ドキドキしながら見守った。

「では、いただきますね」

「どうぞ」

これまで、紅茶を淹れるのはメイドの仕事だった。紅茶を淹れるのは、今日が初めてである。おいしく淹れられたか、非常に気になるところだ。

ばあやはハッと目を見開き、笑顔となった。

「ミラベルお嬢様、おいしいです！」

「本当？」

「ええ。嘘は言わないですよ」

「嬉しい」

私も飲んでみる。今回淹れた紅茶は、クラシックティーという、それぞれ違う国で生産されている茶葉をかけあわせたものである。

ほどよい渋みと苦みの中に、品のある香りが鼻から突き抜けた。

「あ、おいしい」

「驚きました。ミラベルお嬢様、紅茶を淹れる才能がありますよ」

「そ、そうかな〜？」

これならば、修道女になっても、困らないだろう。

何かあるたびに、修道女になった自分を想像しなければいけないのは悲しい現実であるが……。

これまでぼーっと生きていたので、特技が習得できるのはよいことなのだろう。そういうふうに思っておく。

ばあやとおいしい紅茶を楽しんでいるうちに、シュー生地の粗熱が取れたようだ。

仕上げ作業に取りかかる。

「横にカットしたシュー生地に、クレーム・シャンティイを絞ります」

今度は、星口金を入れた紙袋にクレーム・シャンティイを入れて、シュー生地に絞るようだ。

「この、絞ったクレーム・シャンティイも、全体の美しさに関わってきますからね」

「了解です」

きれいなラインを描くように、クレーム・シャンティイを絞る。これに、V字型にカットしたシュー生地を被せ、頭から首の部分を差し込む。後ろに、しっぽを付けることも忘れない。

最後に、粉砂糖を振りかけたら、白鳥シュークリームの完成である。

「ミラベルお嬢様、いかがでしょうか？」

「ものすごく、かわいい‼」

見た目は完璧だ。味はどうだろうか。ひとつ手に取って、食べてみる。

まずは、頭から首部分を引き抜いて、クレーム・シャンティイを掬《すく》って食べてみた。

「んんっ‼　おいしい‼」

続いて、胴体部分を一口で食べる。シュー生地の表面はサクサク。中はしっとりで、クレーム・シャンティイは品のある甘さだ。これぞ、ばあやのシュークリームといったものが、一口で楽しめるなんて。

「可愛いし、おいしいし、最高！　ばあや、ありがとう。すばらしいプティフールを、教えてくれて」

「それはようございました」

疲れたというので、あとで肩揉みをしてあげなくては。

上手に作れたので、中間報告ついでにアナベルに分けてあげることにした。

本邸に向かい、アナベルの部屋を訪問する。

「あら、ミラベル。どうしたの？」

「お茶会で出すお菓子を、作ってみたの。上手にできたから、アナベルにもあげようと思って」

白鳥シュークリームを見せると、アナベルは目を見張っていた。

「これ、本当にあなたが作ったの？」

「うん。ばあやの手助けもあったけれど」

「すごいじゃない」

珍しく、アナベルが褒めてくれた。年に一度あるかないかなので、地味に嬉しい。

「これ、いただくわね」

「どうぞどうぞ」

アナベルは意外と口が大きくて、白鳥をまるごと一口で食べた。

シビルが用意した紅茶を飲んで一言。

「おいしいわ。いいじゃない、これ」

「でしょう？」

ばあやのお菓子は最高なのだ。それに習って作ったので、おいしいに決まっている。

ここでアナベルに、フロランスからプティフールの話を聞いて閃《ひらめ》いたことや、紅茶のお店でオリジナルブレンドを作った話を聞かせる。

「なんだか、思いのほか楽しそうじゃない」

「まあ、言われてみたら、ちょっと楽しい、かも？」

ばあやに紅茶を淹れるときに思ったけれど、大好きな人達に何かをふるまうというのは、幸せな気持ちになる。

「こんな気持ちになるなんて、知らなかったな」

「そうなの？　わたくしも、紅茶でも淹れてみようかしら？」

「誰のために？」

「ミラベル、あなたに」

「え⁉」

それって、私のことが大好きってこと？　ドキドキしながらアナベルを見つめる。しかしながら、次なる一言でがっくり肩を落としてしまった。

「ミラベルを練習台にして、上手く淹れられるようになったら、王太子殿下にお茶を淹れたいわ」

「そっか」

「まあ、叶わない夢だけれど」

以前、王太子殿下は具合を悪くしているという話を聞いていたような。あれから、快方に向かうということはないのだろう。

世の中、上手くいかないようになっているのだ。

「そういえば、茶器は買ったの？」

「買ってない」

「どうしてよ」

「アメルン伯爵家のお金で買っていないって意味。デュワリエ公爵が、磁器のティーカップの一式を買ってくれたの」

「なんですって⁉」

一連の流れを説明すると、アナベルにため息をつかれてしまった。

「ミラベル、あなたは本当に、デュワリエ公爵を操縦するのが上手《じょうず》ね」

「上手《うま》くないって。買ってもらえたのは、単なる偶然だし」

アナベルは疑惑の視線を私に向けている。磁器に描かれていたタンポポが私に似ていた、という話はしないほうがいいだろう。

「そうそう。デュワリエ公爵といえば、手紙が届いていたわ」

「ひいっ！」

デュワリエ公爵の手紙を、シビルが銀盆に載せて持ってくる。受け取りたくなかったが、差し出すシビルが困った表情を浮かべていたので渋々手に取る。

その場で確認したら、時間があったら会いたい、と書かれてあった。

「時間なんて、ないない」

「あなたより忙しくしているデュワリエ公爵が時間を作っているというのに、ミラベルったら。少しでいいから、会ってあげなさいよ」

「アナベルだって、デュワリエ公爵が会いたいとか言ってきたら、嫌でしょう？」

「嫌に決まっているじゃない」

アナベルは胸を張って答える。自分には関係のないことだから。さっさと時間を作って会えだなんて言うのだ。

あまりにも嫌がる私に、アナベルが提案する。

「磁器のお礼に、白鳥シュークリームでも作っていったらいかが？」

「あ、それ、いいかもしれない！」

白鳥シュークリームで磁器のティーセットを相殺《そうさい》できるとは思っていないが、感謝の気持ちはこれでもかと伝わるに違いない。

デュワリエ公爵も、フロランスが作ったお菓子を喜んで食べていたというので、甘い物は嫌いではないだろう。

そんなわけで、嬉々《きき》として返事を出した。翌日には、了承したという手紙が届く。三日後の夕方に、時間を作ってくれたようだ。

白鳥シュークリームについては、当日のお楽しみということで。

◇◇◇

デュワリエ公爵と約束した日、私は朝からばあやと共に厨房に立つ。

白鳥シュークリームを作るためだ。練習は、昨日もした。一人で作るというのは、改めて大変なのだと実感する。

今日もばあやは見守ってくれるという。なんて心強いのか。

「ミラベルお嬢様、頑張ってくださいまし！」

「ばあや、ありがとう！」

早速《さっそく》、調理に取りかかる。

ちなみに、昨日作った分は家族に毒味《どくみ》――ではなく、味見をさせてみる。結果、おいしいと絶賛してくれた。しかしまあ、私に甘い家族なので、黒鳥でもおいしいと言う可能性はある。

でもまあ、褒められるというのは悪い気はしない。これで、とうてい気を使って相手を褒めるという行為をしないデュワリエ公爵が「おいしい」と言ったら、この白鳥シュークリームは本物だろう。カロリーヌ様が何か言ってきても「デュワリエ公爵は、おいしいとおっしゃっておりました」なんて言い訳ができるし。

オリーブオイルを塗った鉄板にシュー生地を絞り、焼いている間に手早くクレーム・シャンティイを作った。シュー生地が焼けたら、カットする。粗熱が取れたら、クレーム・シャンティイを絞って、シュー生地を白鳥に組み立てる。最後に粉砂糖を振ったら、見事完成だ。

「できたー！」

一口大の小さな白鳥が、一列に並んでいる。自分が作ったものだが、あまりにも可愛い。満足ができる白鳥シュークリームが完成した。

一応、念のためにばあやに確認してもらう。

「ミラベルお嬢様、大変おいしゅうございます」

「そう？　よかったー！」

問題なく仕上がっているというので、あとはデュワリエ公爵に手渡すばかりだ。

夕方となり、クリームイエローのドレスをまとって出かける。アメルン伯爵家の玄関に、デュワリエ公爵家の馬車が乗り付けられていた。

シビルと共に、馬車へ乗り込む。デュワリエ公爵は腕を組み、鋭い目つきで馬車に乗っていた。

とても、婚約者を迎えるような表情ではない。

恐ろしいと思ったものの、アナベルを装って声をかける。

「デュワリエ公爵、ごきげんよう」

どうかしたのか。問いかけると、西日が眩しいと言う。たしかに、デュワリエ公爵に向かってこれでもかと太陽光が降り注いでいた。場所を移動すればよかったのに。

馬車が動き出すと、デュワリエ公爵の表情は和らいでいく。

白鳥シュークリームはこの辺りで渡しておいたほうがいいだろう。シビルから包みを受け取って、そのままデュワリエ公爵へと手渡す。

「これ、わたくしが作ったお菓子ですの。この前の、お礼に」

「アナベル嬢が、手ずから作ったと？」

「ええ」

「中を、見てもいいですか？」

「どうぞ」

デュワリエ公爵は包みを開き、白鳥シュークリームを入れた箱の蓋を開く。

「白鳥を模った、シュークリームですのよ。おひとつ、召し上がってみて」

反応を引き出すため、ここで食べるように勧めてみる。デュワリエ公爵は白鳥シュークリームを摘まみ、パクリと食べた。

「これは、すばらしい」

とてもおいしいシュークリームだと、絶賛してくれた。ホッと胸をなで下ろす。お茶会に出しても、問題ないようだ。

「妹にも、分けてもいいですか？」

「もちろん」

一口大なので、フロランスも負担になることなく食べてくれるだろう。

デュワリエ公爵のおかげで、自信がついた。感謝、感謝である。

その後、喫茶店へと向かう。そこは、フロランスに紹介してもらったお店らしい。

あれだけ何軒も私と喫茶店巡りをしていたのに、さらに未知の喫茶店を知っているとは。さすが、フロランスである。

馬車から降りる際、デュワリエ公爵は手を差し伸べてくれる。百点満点中一億点みたいなエスコートを受けた。

そのまま腕を組み、店内へと足を踏み入れる。

洗練された透《す》かし細工の扉をくぐると、そこは黒と白のシックな空間が広がっていた。お友達とワイワイ楽しむ場というよりは、恋人とゆっくり過ごせるようなお店である。

席に案内される途中で、見知った顔を発見してしまう。

艶のあるグレージュの髪をふんわり巻いた、らんらんと輝くオリーブの瞳を持つ、長身の美しいご令嬢——カロリーヌ様だ。

目が合った瞬間、火花が散ったように思えた。気のせいだろうけれど。

このまま見なかった振りなどできない。立ち止まり、挨拶する。

「あら、カロリーヌ様ではありませんか。お久しぶりですわね」

「奇遇《きぐう》ね、アナベル様」

デュワリエ公爵はいったいどんな顔をして、カロリーヌ様を見つめているのか。見上げてみたら、私を見下ろしていた。カロリーヌ様のほうは、見向きもしていない。

一応、花嫁候補だった女性だ。挨拶くらいしてもいいものを。

私の無言の訴えが通じたのか、ちらりとカロリーヌ様を見る。

さあ、ここで朗らかに挨拶だ！　そう念じたのに、デュワリエ公爵は思いがけない言葉を発してしまった。

「アナベル嬢、知り合いですか？」

まるで、カロリーヌ様なんて存じません、と言わんばかりの声色《こわいろ》である。

まさか、彼女の存在を把握していなかったのか。

カロリーヌ様も、挨拶をしてくるだろうと思っていたのだろう。想定外の反応に、目を見開いていた。若干、白目を剥きかけているが、大丈夫だろうか。従えている侍女も、ハラハラしているように見える。

カロリーヌ様は、最後の矜持《きょうじ》を振り絞ったとばかりに、名乗った。

「デュワリエ公爵。お初にお目にかかります。私は、ブルダリアス侯爵家のカロリーヌですわ」

完璧な、マナー本に載せたいほどのお辞儀《じぎ》を見せてくれた。が、デュワリエ公爵は「はあ」と薄すぎる反応を示した。

いやいや、「はあ」ではないだろうと内心責めつつ、カロリーヌ様が一刻も早く引いてくれるのを願う。

カロリーヌ様は意地でも、デュワリエ公爵と打ち解けたいのだろう。銅像のようにこの場から動こうとしない。

カロリーヌ様は、たたみかけるようにデュワリエ公爵へ話しかける。

「以前、デュワリエ公爵とお会いしたように思えるのですが、どこだったか、覚えていらっしゃいますか?」

「記憶にないのですが」

実に、淡々《たんたん》とした返しであった。

カロリーヌ様がなかなか引き下がらないので、だんだんと場の空気が冷え切ってしまう。デュワリエ公爵のせいだろう。久しぶりの、〝暴風雪閣下〟の登場である。

冷え冷えとした雰囲気だが、カロリーヌ様は必死になるあまり、状況がわかっていないのか。気付かぬうちに凍傷《とうしょう》になる前に、カロリーヌ様を逃がしてあげることにした。

「デュワリエ公爵、行きましょう」

「ええ」

「カロリーヌ様、ごきげんよう」

お別れの言葉を言ったとたん、猛烈《もうれつ》に睨まれた。助けてあげたのに、気付いていないようだ。これ以上デュワリエ公爵と話していたら、精神的に傷を負っていたというのに。

もう、何をしても、カロリーヌ様の反感を買うだけだろう。素早く背を向けて、カロリーヌ様の前から去った。

案内されたのは、大きな窓のある席。美しい冬の庭園が見渡せる場所だ。

椅子が並んで置かれており、いつもより距離が近い。けれど、デュワリエ公爵の視線が常に突き刺さっているよりはいいのか。

椅子に腰掛けると、窓の外に広がる景色にほうとため息が出る。

エリカの可愛らしい薄紅色の花に、クリスマスローズの白い花、真っ赤に染まっているサンゴミズキの枝など、調和のとれた冬庭園は他の季節にはない美しさがある。

植物を見ていると、心が落ち着く。カロリーヌ様との壮絶な戦いを終えたあとなので、余計に癒やされてしまった。

紅茶とお菓子が運ばれてくる。キュウリのサンドイッチに、レモンケーキ、色とりどりのマカロンに、ビスケット、焼きたてのスコーンに、カットされた果物の盛り合わせと、食べきれないほどのお菓子がサーブされた。

「まあ、こんなに運んで。一度では、食べきれませんのに」

「残った物は、包んで持って帰れるように言っておきましょう」

「え⁉」

そんな裏技があるとは。初めて、デュワリエ公爵ってすてき‼　と思った。

「アナベル嬢、今、磁器のティーセットを贈ったときよりも、嬉しそうにしましたね」

「そ、それは、磁器のティーセットは、高価ですもの。わたくしには、分不相応《ぶんふそうおう》だと思ってしまいまして」

アメルン伯爵家に届いた磁器のティーセットは、本当に美しかった。あのアナベルでさえ、「きれいね」と言ったくらいである。

デュワリエ公爵が、少しだけしょんぼりしているように見えたので、本心も伝えておく。

「お値段を抜きにしたら、大変気に入っておりますので、どうかお気になさらず」

「だったら、よかった」

デュワリエ公爵はそう言って、淡《あわ》く微笑んだ。

先ほどまで暴風雪を吹き荒らしていた人物とは思えない、やわらかな笑みである。

普段から、にこにこしていたら〝暴風雪閣下〟などと呼ばれないのに。しかしまあ、私は〝小春日和閣下〟も苦手なのだが。だって、見てしまうと落ち着かない気持ちになるし。

それにしても、デュワリエ公爵の対応は酷かった。社交性ゼロなのかよ、と問いかけたい。ただ、人には得手不得手《えてふえて》があるのだろう。公爵でも、人付き合いが苦手な人は苦手なのだ。

カロリーヌ様の対応を見ていて思ったのだが、デュワリエ公爵はぐいぐい迫られるのが嫌い。もしくは苦手なのだろう。

私もカロリーヌ様みたいに接したら、デュワリエ公爵は婚約を取りやめてくれるかもしれない。一度、試してみる。

マカロンをひとつ摘まみ、デュワリエ公爵の口元に差し出しながら言った。

「デュワリエ公爵、おひとついかが？」

アナベルだったら絶対に、「あ～ん」なんて言わないだろう。聞いたことのない発言を想像して喋るのは難しいが、なんとかアナベルらしく「あ～ん」できたのではないか。心の中で、自分を褒める。

突然「あ～ん」なんかされてもデュワリエ公爵は、ジロリと睨んで暴風雪を吹き荒らすだろう。

そう思っていたのに、デュワリエ公爵は私の手から素直にマカロンを食べたのだ。

私の指先が、一瞬デュワリエ公爵の唇に触れた。氷のように冷たい――ということはなく、温かくてやわらかかった。

どきんと胸が高鳴り、「ひえええっ‼」と叫びそうになったが、喉から出る寸前で呑み込んだ。

まさか、本当に食べるなんて。睨まれて終わりだと思っていたのに。

「おいしいです」

まさかの感想付きだった。本当にありがとうございますと言いたい。

こういうのは嫌いな人だと思っていたが、そうでもないのか。

だが、作戦はこれだけではない。「あ～ん」が大丈夫ならば、触れるのは嫌だろう。そう思って、デュワリエ公爵の腕をぎゅっと握り、庭を指差して話しかけた。

「デュワリエ公爵、見てくださいまし。あそこに、針ネズミがいますわ」

「どこに？」

「あの、白いお花――ノースポールが咲いている辺りに」

「ああ、本当ですね」

デュワリエ公爵に身を寄せ、腕に抱きついている状態で、時間だけが刻々と過ぎていく。

早く振り払わんかい‼　と心の中で絶叫していた。デュワリエ公爵はいっこうに、私を押しやろうとしない。

何も知らない給仕係がやってきて、驚かせてしまった。逃げようとしたので、引き留める。デュワリエ公爵から離れ、新しい紅茶を淹れてくれと訴えた。

作戦はもれなく失敗。勇気を振り絞って接触してみたのに、効果はまるでなかった。

どうしてこうなったのか。私にもよくわからなかった。

「デュワリエ公爵、わたくし、そろそろ門限ですの」

「では、帰りましょう」

一時間半ほどで、お開きとなる。デュワリエ公爵は給仕係に、残ったお菓子を包むように命じていた。

お菓子を持って帰る客なんて、私くらいだろう。皆、家に帰ったらおいしいお菓子を作ってくれる菓子料理人がいるから。

私もばあやがお菓子を作ってくれるが、最近腰が痛いと言っているので、あまり「作って」と言わないようにしているのだ。

このお菓子を、ばあやにも分けてあげよう。また、紅茶を淹れてあげたい。

再びデュワリエ公爵の馬車へと乗り込み、家路に就く。

アメルン伯爵家に到着した瞬間、デュワリエ公爵からのありがたいお言葉があった。

「アナベル嬢、今日は、楽しかったです」

「あら……それはようございました」

まったく楽しそうには見えなかったが、充実した時間だったと言う。

「これまでアナベル嬢は、イヤイヤ私に会っているのでは？　と思う日もあったのですが、今日は、ずいぶんと積極的で――」

喫茶店でのことは、今すぐ忘れてほしい。脳内で訴えたが、伝わるわけもなく。

「とても、嬉しく思いました」

そんなことを言って、やわらかく微笑むものだから、何も言えなくなる。

いくら親密な仲になっても、私はアナベルの身代わりなのに……。

「どうか、したのですか？」

「少し、感傷的になってしまっただけです」

「なぜ？」

「結婚前の女性は、皆、感傷的になるものですのよ」

「そうだったのですね」

適当に誤魔化したが、納得してもらえてホッとする。

「アナベル嬢」

「は、はい？」

何を言い出すのか。警戒してしまう。ドキドキしながら、言葉の続きを待った。

「茶会の成功を、祈っています」

「あ、ありがとう、ございます」

ここで、デュワリエ公爵と別れる。心が温かいような、切ないような。不思議な気分のまま、帰宅することとなった。

◇　◇　◇

とうとう、お茶会の当日を迎えた。

前日からバタバタと準備に追われていたが、何も仕事がないとなると、落ち着かない気持ちを持て余してしまう。

シビルと共に、会場の最終確認をした。

お茶会のテーマは、〝春を先取り、ピクニック気分を味わおう〟である。

タンポポのティーセットに合わせて、春をイメージした会場作りを行った。

テーブルの中心には、マリアンナ様に分けてもらった黄色い薔薇を飾っている。この前のお茶会の縁で、協力してもらったのだ。

キャンドルは、蜜蝋《みつろう》で作ったほんのり黄色いもの。火を点《とも》すと、蜂蜜の香りがするらしい。

二枚重ねた白磁のお皿には、黄色いナプキンをリボンの形に絞って置いてある。これは、王族の間で流行っているものだと、フロランスが教えてくれたものだ。

置かれた銀器も、執事がきれいに磨いてくれた。眩《まばゆ》いくらいにピカピカである。

お菓子の準備も万端《ばんたん》。あとは、招待客を待つばかり。

本日ご招待しているのは、カロリーヌ様をはじめとする、上流階級で名を馳《は》せた四名のご令嬢だ。カロリーヌ様が招待するようにと指名した、いわゆる取り巻きである。

招待される側が他に招待する者を決めるのは前代未聞だが、この戦争のようなお茶会にアナベルの知り合いを巻き込むわけにはいかない。逆に都合がいいと思い、招待したのだ。彼女らはささやかなおもてなしを、お気に召してくれるのか。ドキドキしすぎて、心臓がもたない。

時間ぴったりに、来訪する。

「みなさま、いらっしゃいませ。どうぞ、お席へ」

皆、ショールや帽子を預け、部屋にやってきていた。だが、カロリーヌ様だけは、帽子を被ったままである。

一日中ひっきりなしに客を招く、〝家庭招待会〟のときには、滞在が短時間なので帽子は取らなくていい。むしろ、帽子を取ってお邪魔《じゃま》すると、「これから長居しますよ」というサインになって失礼にあたるのだ。

けれど、長時間滞在し、会話を楽しむお茶会はまた別だ。

帽子やショールを取って、楽しませていただきますね、と姿形で示すのだ。

お茶会で帽子を被ったまま現れるというのは、「長時間楽しむつもりはありません」と宣戦布告をしているようなもの。

なんというか、カロリーヌ様、強い。

カロリーヌ様はおすまし顔で席に着く。ピリピリとした空気をまといながら。

一緒に参加しているご令嬢達は、思いっきり気まずそうだった。心の中で、本当に申し訳ないと謝る。

まず、紅茶が運ばれてきた。デュワリエ公爵が選んでくれた、タンポポのティーカップに、紅茶が注がれる。

皆、磁器のティーカップを褒めてくれたが、カロリーヌ様だけは険しい表情だ。

戦いが、始まる。まずは、先制攻撃であった。

「こちらの紅茶は、カロリーヌ様をイメージしたブレンドティーですの」

「私を？」

「はい。専門店に足を運んで、カロリーヌ様についてお伝えしたら、作ってくださったわ」

カロリーヌ様は眉間に皺を寄せつつ、紅茶を睨んでいる。意を決した様子で、飲んでいた。

「まあまあね」

他のご令嬢は「おいしい」と言っていたのに、皆、急におとなしくなる。カロリーヌ様に忖度《そんたく》しているというのか。なんというか、取り巻きをするのは大変だ。

続いて、お菓子が運ばれてきた。アメルン伯爵家自慢の菓子料理人が作った、種類豊富なプティフールである。

「まあ、小さくて可愛らしい」

「こういうお菓子は、初めて見ますわ」

「どれも、おいしそうです」

シナモンたっぷりのねじりパイに、口の中でホロホロになるメープルクッキー、フランボワーズが三つ載った一口ケーキに、お酒を利かせたチョコレートボンボン、ナッツを混ぜたキャラメルに、さっぱりとしたレモンタルト、五色のマカロンなどなど。

どれも一口大に作られていて、全種類制覇してもお腹いっぱいにはならないだろう。

最後に運ばれてきたのは、私がヒイヒイ言いながら作った、白鳥シュークリームである。

何度も作ったので、腕前はかなりのものになっていた。

見た目の美しさから、大絶賛される。

「なんてきれいなシュークリームなのでしょう！」

「本物の白鳥のようですわ」

「小さくて、とっても愛らしいです」

カロリーヌ様だけは、白鳥シュークリームを睨みつけている。態度は相変わらずであった。

他のお菓子を食べ始めるも、口惜しかったのだろう。ひたすら、悔しそうにしている。

白鳥シュークリームを口にした瞬間、頬が綻《ほころ》んだ。が、私が見つめているのに気付くと、キッと睨みつけてくる。まったく素直ではない。

ひと通り紅茶とお菓子を楽しんでいただいたあと、そろそろお開き、という雰囲気になる。終始ギスギスしていたのだが、これで正解だったのか。

カロリーヌ様は、キョロキョロと辺りを見回している。どこかに粗《あら》がないか、探しているのだろうか。

「カロリーヌ様、何か、気になる点がありましたの？」

「え、ええ！」

返事をしたのに、いまだ気になる点が見当たらないのだろう。

会場のセッティングは、アナベルに確認してもらった。粗なんて、あるはずがないのだ。

早く解散したいので、追い打ちをかけてみる。

「カロリーヌ様？」

「あ、あなたよ！　アナベル嬢自身が、このお茶会での気になる点だわ！」

「わたくし？」

いったいどういうことなのだろうか。説明してくれと言わんばかりに、カロリーヌ様をじーっと見つめる。

カロリーヌ様は具体的な答えが浮かばないまま、発言したのだろう。目が、泳ぎまくっている。

「わたくし、このお茶会のために、誠心誠意準備をいたしました。至らない点がありましたら、教えていただきたいのですが」

「そ、それは――」

カチャン！　と、取り巻きのご令嬢が音を立てる。あまりの白熱ぶりに、戦《おのの》いてティーカップをソーサーに打ち付けてしまったらしい。

それを見たカロリーヌ様が、カッと目を見開いた。何か、発見したのだろう。

「この花！　どこかで見覚えがあると思っていたら、そのへんの道ばたに生えている雑草ではなくて⁉」

「はあ、タンポポですが」

「そう、タンポポ‼　間違いなく、雑草よ‼　雑草の茶器を出すなんて、失礼ではありませんこと⁉」

カロリーヌ様は、「勝った‼」という表情で私を見る。

いやいや、タンポポの茶器を使ったことが失礼に値《あたい》するなんて。逆に、タンポポに謝ってほしい。

「こんな雑草カップなんて、どこに売っているのかしら？　それよりも、手に取る人の趣味を疑ってしまうわ」

「あの、タンポポの茶器は、デュワリエ公爵からの贈り物ですが」

デュワリエ公爵の名前を聞いたとたん、意気揚々《ようよう》と話していたカロリーヌ様の顔色が青くなった。

私が選んだ品だと思っていたのだろう。思いがけず、デュワリエ公爵への批判となってしまった。ここで止めておけばいいのに、カロリーヌ様はさらに噛みついてくる。

「証拠は⁉」

「え？」

「デュワリエ公爵がこの茶器を買ったという証拠は、どこにあるの？」

侍女が巻いてくれた、縦ロールを払って見せる。

「わたくしのこの髪がタンポポ色なので、デュワリエ公爵が気に入り、贈ってくださいましたの」

「そんなの、証拠にはならないわ」

残念ながら、カロリーヌ様が満足する目に見える証拠はない。デュワリエ公爵からの手紙はあるものの、他人に見せるようなものではないだろう。

困り果ててしまったので、この問題はデュワリエ公爵に丸投げすることに決めた。

「ここに証拠はありませんが、今度夜会でデュワリエ公爵に会ったときにでも、直接聞いたらいかが？」

「デュワリエ公爵が、私に取り合わないのを知っていて、言っているのかしら⁉」

うわ、カロリーヌ様、強い。これだけ言っても、引かないなんて。

どうしようか頭を悩ませていたら、ふと思い出す。

「ティーセットの保証書が、あったはず。デュワリエ公爵のサインがあるかと」

シビルに目配せし、持ってくるように命じた。

数分後——銀盆の上にある、デュワリエ公爵のサイン入りの保証書を見て、カロリーヌ様は絶句していた。

「これで、信じていただけますね」

カロリーヌ様は、黙って頷くほかなかった。

私の勝利である。


なんとこの勝負は小説の内容と同じく、勝者は、敗者に願いをひとつだけ叶えてもらえる権利を得るという。

どんな願いを叶えてもらおうか、ワクワクしてしまう。

「早く言いなさい」

「お友達に、なっていただけません?」

「は?」

「だから、カロリーヌ様は、わたくしと、お友達になるの」

「あなた、自分が何を言っているのか、わかっているの?」

「ええ、もちろん」

敵対しているから、いろいろとややこしくなるのだ。味方に引き入れたら、かなり頼りになるだろう。

「あなた、何を考えているの？」

「ただ、カロリーヌ様と仲良くなりたいと思っているだけですわ」

「それが、理解できないというの。私は、あなたが大嫌いなのに！」

「わたくしは、そこまで嫌いではありませんの」

真っ正面から相手に喧嘩を売れる勇気は、たいしたものだろう。皆、社交界では各々《おのおの》仮面を付けている。けれど、カロリーヌ様だけは、口から出る言葉のすべてが本物なのだ。

「もしもお友達になっていただけるのであれば、わたくし、カロリーヌ様に好かれるよう、努力をいたしますわ」

「変な人‼」

カロリーヌ様は吐き捨てるようにして、この場を去る。

取り巻きのご令嬢は、慌てて追いかけていった。

誰もがいなくなった瞬間、背後からアナベルに声をかけられる。

「ミラベル、勝ったの？」

「勝ち、なのかな？」

「何よ。はっきりしないのね」

「だって、お茶会で勝ち負けを決めるなんて、おかしいじゃない」

「まあ、それは確かに」

大変だったけれど、得たものは大きいような気がする。

シュークリームの作り方を習ってからお菓子作りにもはまっていて、家族やばあやにふるまっているのだ。

もっと上手く作れたら、また、デュワリエ公爵にも贈りたい。甘党のようだし。

何か作って、誰かをもてなすということがこんなに楽しいなんて知らなかった。新しい趣味になりつつある。

「ねえ、アナベル。残ったお菓子で、お茶会をしましょう」

アナベルに手を差し伸べると、仕方がないとばかりに指先を重ねてくれる。

イヤイヤ渋々といった様子だが、付き合いは悪くないのだ。

「アナベル、私、紅茶を淹れるのも、けっこう上手いのよ」

「あなた、何を目指しているの？」

「さあ？」

未来はわからない。十年、二十年先の自分を、まったく想像できない。

そのへん、考えるとキリがないだろう。

そんなことよりも、今、アナベルとのお茶会を飲む時間を、ひとまず楽しみたいと思った。

番外編　身代わり伯爵令嬢だけれど、狩猟《しゅりょう》大会に誘われました

本日は晴天。親友シビルの侍女業が休みだというので、久しぶりに街へ繰り出して買い物を楽しんでいる。

「見て、シビル。このオルゴール、すてきじゃない？」

「あら、本当」

宝石みたいにカットされたカラーガラスがあしらわれていて、太陽の光にかざすとキラキラ光る。よくできている品だ。

そんなオルゴールを眺めていると、ふと思い出す。数日前、デュワリエ公爵と宝飾品店に行ったさい、本物の宝石があしらわれたオルゴールを見たことを。信じられないくらい美しくて、目が眩《くら》んでしまった。私がじっと眺めていたら、デュワリエ公爵はそのオルゴールを買おうとしてくれた。いらないと、必死になって首を横に振ったが。

このガラスの宝石があしらわれたオルゴールは、私の手に届く優しい値段だ。おそらく、庶民《しょみん》の娘が手元に置いて楽しむものだろうが。今の私には、こちらのほうが相応しい。

「ミラベル、買うの？」

「うん」

「私も買おうかな」

「だったら、私に贈らせて。お揃いにしようよ」

「ミラベル、悪いわ」

「いいの。いつも、迷惑をかけているし」

私とアナベルの身代わり作戦において、最大の被害者はシビルだろう。ずっと、お詫びの品を用意しなければと思っていたのだ。

「シビルのサポートには、いつも感謝しているの」

デュワリエ公爵の圧に押され白目を剥いているとき、シビルはいつも肩を叩いて我に返らせてくれる。暴風雪にさらされているときだって、シビルは一緒に震えつつも私を心配してくれた。彼女の助けなしでは、やっていけない。感謝しても、しきれないだろう。

「ミラベル。ありがとう」

「こちらこそ、いつもありがとうね」

窓際に陳列された商品を見ていたシビルが「あ！」と声をあげた。

「シビル、どうかしたの？」

「デュワリエ公爵家の家紋入りの馬車が通りすぎたの」

「ヒッ！」

何もしていないのに、全身に鳥肌が立つ。今日は無関係な日だと思っていたのに……。

これで終わりかと思っていたが、そうではなかった。

「あ、デュワリエ公爵家の馬車が、戻ってきた」

「な、なんで⁉」

「道を、間違えたとか？」

「そんな馬鹿な！」

大きな図体《ずうたい》の馬車が、雑貨屋さんの前で停車する。窓の外に、デュワリエ公爵家の家紋がどーんと見えた。

「え、ええ、な、なんで⁉」

馬車から降りてきたデュワリエ公爵の姿が見えたので、私は雑貨屋さんの店員さんにピンチだと訴えて店の奥に隠れた。

デュワリエ公爵はいったいどうして、庶民向けの雑貨屋さんなんかにやってきたのか。

心の中で、シビルに謝る。お店に置いてけぼりにしてごめん、と。

耳を澄ませていたら、カランカランと扉が開く音がした。店員さんは、震える声で「いらっしゃいませ」と声をかけている。

デュワリエ公爵の声が聞こえた。

「アナベル嬢の、侍女だな？」

「は、はい！」

「彼女は？」

「今日は、おりません。その、私は休日でして……」

「ああ、そうだったか。窓から姿が見えたものだから、てっきりアナベル嬢がいるとばかり」

「す、すみません」

「謝る必要はない。驚かせた」

なんて動体視力なのか。

それよりもアナベルがいるかと思って、わざわざ馬車を降りてまでやってくるなんて……。

身代わりがバレて夜逃げをしても、地の果てまで追いかけてきそうだ。あまりにも恐ろしい。

「今日でなくてもいいから、この手紙をアナベル嬢に渡してくれるか？」

「か、かしこまりました――あ」

あ、とは何だ。あ、とは。姿が見えないので、気になる。

「貴族の娘は、こういうオルゴールを好むのか？」

「あ、えっと、誰もが、というわけではございませんが、私は、好きです」

「そうか。ならば、アナベル嬢の分とふたつ、贈らせてもらおう」

「そんな、私はけっこうですので」

「遠慮はするな。驚かせた詫びだ」

「だ、だったら！」

シビルは、驚きの言動に出る。

「あの、アナベル様には、同じ年の従妹がおりまして、私ではなく、その方に買っていただけないでしょうか？」

「従妹……そういえば、以前話していたな」

それは以前、デュワリエ公爵の前でうっかりお酒を飲んだときに話したものだろう。アナベルの話なので、従姉に間違いはないのだが。

「ならば、三つ買えばいいだけの話。店主よ、このオルゴールを包んでくれ」

「かしこまりました」

そんなわけで、デュワリエ公爵が去ったあとのシビルは、三つのオルゴールと手紙を持っていた。

シビルは放心状態であった。初めての、デュワリエ公爵との会話だったらしい。

「なんか、すごかった！　デュワリエ公爵は、視線だけで人を殺せそうよ！」

「間違いないわ」

戦々恐々としながら、シビルと共にアナベルを訪問することとなる。

◇◇◇

「――デュワリエ公爵からの贈り物ですって？　この、オモチャみたいなオルゴールが？」

アナベルは丸い目で、オルゴールを見下ろしている。

「これ、宝石を模《も》したガラスでしょう？　どうしてこんな安っぽい品を贈ってきたの？」

アナベルの容赦ない言葉に、しどろもどろに説明する。

「実は、数日前にデュワリエ公爵から宝石があしらわれたオルゴールを贈ってくれるって言われて……。でも、とんでもないと断ってしまったの」

「なんで断るのよ」

「アナベル。宝石のオルゴール、欲しかった？」

「あなた自身がいるか、いらないか、聞いているの」

「私は、見ていただけで、欲しいとは思わなかったけれど……。買ってもらったとしても、自分の物にはならないし」

「前にも言ったけれど、デュワリエ公爵がミラベルに贈った品は、わたくしの品ではないわ。あなたの物よ」

「でも、デュワリエ公爵は私に相応しくない品ばかり贈ってくるの。でも、これは――」

ガラスの宝石のオルゴール。これこそ、私に相応しい品だろう。

「それに、アナベルと私、それからシビル三人のお揃いって、すてきじゃない？」

みんなで同じオルゴールを手にしている。こんなこと、これまでになかった。

「お揃いって初めてだから、なんだか嬉しいかも。アナベルは？」

「わたくしは……まあ、悪い気はしないけれど」

「でしょう？　シビルも、気に入ったよね？」

シビルは笑顔で頷いてくれた。

デュワリエ公爵のおかげで、私達三人の結束が強まったような気がする。

「あ、そうそう。アナベル宛の手紙を、預かっているの」

私が口にしたタイミングで、シビルがデュワリエ公爵からの手紙をアナベルへと差し出した。

アナベルは一瞥《いちべつ》もせずに、私へ渡してくる。

「はい。ミラベル」

「……はい」

こういう展開になるだろうと、わかっていた。しぶしぶと受け取る。

「もしかしたら、狩猟大会のお誘いかもしれないわね」

「え、何それ？」

「もうすぐ年に一度、国が主催する狩猟大会があるの。婚約者がいる人は、同伴で参加するのよ」

「へー、そうなんだ」

そういえば、父も毎年参加していたような。馬に乗った状態でする狩りは、そこそこ上手いのだと自慢していたような気がする。

「それにしても、人がたくさん集まる催しに参加するような人には見えないけれど」

「たしか、これまでの大会には、参加していなかったはずよ」

なんだか気になったので、この場で手紙を開封する。そこには、狩猟大会に参加するので、付き合ってほしいと書かれてあった。

「えー、行きたくない」

「どうしてよ」

「だって、お母様が狩猟大会は退屈って言っていたもの」

「叔母様は、馬が絡んでいないものすべてを、つまらないと思っているような人でしょう?」

「言われてみれば、そうだった。でも、絶対つまらないに決まっている」

狩猟大会といっても、女性は狩りをするわけではない。狩猟館でお茶を飲み、男性陣が戻ってくるのを待つばかりなのだ。

「ミラベル、いいことを教えてあげるわ」

「え、何?」

「国主催の狩猟大会には、国中から集まったパティシエが、おいしいお菓子をふるまってくれるのよ。中には、地方でしか販売されていない限定お菓子も、あるという話」

「地方の限定お菓子！」

なんとも魅惑《みわく》的である。しかし、しかしだ。私はいつもこうやって、アナベルの悪魔の囁きを聞いて底なし沼に足を突っ込んでしまうのだ。しっかり損得について考えてから、選びたい。

「でも、でも、う〜〜〜ん、迷う！」

「ねえ、ミラベル。お茶会にはデュワリエ公爵はいないのだから、普段の身代わりと変わらないのでは？」

「あ、そうだ」

狩猟大会は、昼過ぎから夕方まで獲物を狩るのがルールだという。ならば、私は数時間おいしいお茶とお菓子を楽しんでいればいいのだ。

「私、狩猟大会に行く！」

「夜はパーティーがあるから、忘れないでね」

「うっ、そんな催しが……」

「パーティーでも、地方のおいしい料理がふるまわれるらしいわ」

「それを楽しみに、頑張る」

用事は済んだので家に帰ろう。そう思い、立ち上がった瞬間に呼びとめられる。

「お待ちなさい、ミラベル。狩猟大会の男性に手渡すハンカチを、忘れずにね」

「え、何それ？」

「やっぱり、知らなかったのね。狩猟大会の当日に、女性は男性に刺繍《ししゅう》入りのハンカチを贈るの」

「そ、そうなんだ。名前とかでいいの？」

「好きなものを縫えばいいのよ」

刺繍は苦手というわけではないが、得意というわけでもない。平々凡々な腕前というわけだ。

「いい？　面倒だからと言って、忘れただの失敗しただの言い訳して、渡さないことがないように」

「わかったわかった」

そんなわけで、デュワリエ公爵に渡す刺繍をすることとなった。

ひとまず、三年に一回くらい狩猟大会に参加している母に、ハンカチについて聞いてみる。

「これを使いなさいな」

新品の絹のハンカチが手渡された。

「これ、私が刺繍に使っていいの？」

「ええ。今年は気が乗らないから、参加しないことにしたの」

父は国王陛下の馬のお世話係なので、強制参加である。

「全員刺繍しなければいけないなんて、最悪～～」

「ミラベル、上手くできなかったら、ばあやにお願いすればいいわ」

「え、そんなことをしてもいいの？」

「言わなければ、バレないわ」

笑顔で言い切る母は、あまりにも強すぎた。

デュワリエ公爵に手紙を書いた。オルゴールのお礼である手作りのお菓子も添えて。そのあとは刺繍をする。

どの色にしようか迷ったが、いい糸があった。それは、長年もったいなくて使っていなかった銀糸である。白いハンカチに銀糸で名前を縫い付けたら、上手く縫えているかどうかわかりにくいだろう。我ながら、天才的な案である。

「えーっと、デュワリエ公爵のお名前は……」

すぐに思い浮かばず、手紙に書かれた署名を確認してしまった。

「ヴァンサン・ド・ボードリアール――か」

いつも爵位名で呼びかけているので、名前のほうはなんだか別人のようである。

「ヴァンサン……ヴァンサン……縫いにくい名前め」

ぶつくさと文句を言いながら、名前を刺繍する。

銀糸は見えにくくていい！　天才的なアイデアだ！

……そう思っていた瞬間がありました。

銀糸は、縫う側の私にも大変見えにくい。目をこらしつつ縫っていたら、疲れてしまった。

それから五日間、デュワリエ公爵の名前を刺繍した。もちろん、銀糸で。

完成したころには、二度と刺繍なんてしたくないと思ってしまった。

◇　◇　◇

狩猟大会当日となった。朝から、アナベルに扮するために身支度を行った。

「ねえ、ばあや。今日はおいしいお菓子や料理を食べるの。だから、コルセットはいつもより緩《ゆる》めにお願いできない？」

「お嬢様、なりません。今日もしっかりお締めします——ふん！」

「ぎゃあ！」

本日もアナベルと同じスタイルになるために、コルセットは白目を剥くまで締められたのだった。コルセットがはち切れない程度に、お菓子や料理は食べたい。

時間ぴったりに、デュワリエ公爵は私を迎えにやってきた。

「アナベル嬢、お待たせしました」

「ええ、行きましょう」

差し出された手に指先を重ね、いざ、狩猟大会へ！

狩猟大会があるのは、王都の郊外にある森。そこでは、人工的に獲物が飼育されていて、年に一度の狩猟大会のさいに森に放たれるらしい。

「アナベル嬢は、狩猟大会に行かれたことは？」

「ありませんわ」

「私もです」

別に、パートナーがいなくても参加できる。それなのに、一度も参加していなかったらしい。

「なぜ、今回は参加する決意をされたのですか？」

「あなたがいるからです」

ひとりだったら心細いが、婚約者と一緒だったら心細くない。そういうことなのだろうか。

「今日という日を、楽しみにしていました」

「狩猟が、得意ですの？」

「よくわかりません」

なぜ、参加しようと思った？　……などと、率直な疑問など投げかけられるわけもなく。

「アナベル嬢、あなたは？」

狩猟大会に向けての感想を言えばいいのか。

「もちろん、楽しみにしておりました」

主に、お茶会のお菓子と、パーティーのごちそうを。

馬車の中のデュワリエ公爵は、なんだかソワソワしている。初めての狩猟大会なので、緊張しているのだろうか。

「狩猟は、毎年していますの？」

「いえ、十年ぶりです」

狩猟が好き、というわけでもないようだ。

私がいるから参加したというが、別に狩猟大会でなくてもいいのではと思ってしまった。

「無理しないでくださいまし」

「なぜ?」

「え、なぜって……熊に挑んで怪我をしたり、鹿の角に突かれて怪我をしたり、いろいろあるでしょう?」

「しかし、狩猟大会は、優勝することに意味がありますので」

そういうのに、燃えるタイプではないと思っていた。意外と熱血なところがあるのだろうか?よくわからない。

とりあえず、怪我をしたら大変だ。かと言って、私にできることはないが……。と、ここで刺繍入りのハンカチについて思い出す。これがあれば、止血くらいはできるだろう。

「デュワリエ公爵、もしも怪我をしたときは、こちらで血を拭ってくださいませ」

「もしかして、刺繍入りのハンカチですか?」

前のめり気味で質問される。若干仰《の》け反《ぞ》りつつ、そうだと頷く。

「よろしかったら、どうぞ」

「ありがとうございます」

口元に笑みが浮かんだ。もしかして、ずっとソワソワしていたのは、ハンカチを忘れていたからなのか。

受け取った瞬間、「え？」という戸惑いの表情を浮かべる。それも無理はないだろう。白いハンカチに銀の糸で縫ったものは、見えにくい。

「デュワリエ公爵、下のほうを指先でなぞってみてください」

首を傾《かし》げながらも、言われた通りハンカチの下部を指でなぞる。すると、ハッと目を見張った。

銀糸の刺繍に、気付いたのだろう。

「銀の糸で、刺繍がされています。目を凝らさないとわからないので、縫うのは大変だったのでは？」

「デュワリエ公爵のために、頑張りました」

何度、投げだそうと思ったか。しかし、私はやりきった。もしも、アナベルと修道院へ行くことになったら、仕事の実績としてお話ししたい。

デュワリエ公爵のほうを見たら、感極まった――という表情を浮かべていた。ハンカチ一枚が、そんなに嬉しかったのか。

「アナベル嬢、大切にします」

「いえいえ。血でもさっと拭って、処分なさってくださいまし」

一応、アナベルに見せてみたが、「まあ、こういうのにしてしまったの？」という呆れた一言に

加えて、「銀糸で縫うのは新しいけれど、刺繍の腕はきわめて普通ね」という身に余る評価をいただいた。そんなわけで、大切にするような品ではないのだ。

「よりいっそう、やる気が出ました。今日一日、頑張ります」

「まあ、ほどほどに」

一時間半ほどで、狩猟館にたどり着いた。

猟銃を担いだ男性陣は、どこか浮かれているように見える。それを遠巻きに見つめる女性陣は、どこか冷ややかであった。

デュワリエ公爵の登場に、ざわつきを見せている。それも無理はないだろう。国主催の狩猟大会に参加するのは、初めてだというのだから。

それに加えて、狩猟は十年ぶりという情報を聞いたばかりだったので、改めて「なぜ参加しようと思った」と問い詰めたい。

あっという間に、人に囲まれてしまった。

デュワリエ公爵は社交にまったく興味がないので、何を話しかけられても無表情。話が長いと暴風雪が吹き荒れ、周囲の人々を凍えさせていた。

しかし、デュワリエ公爵が珍しく愛想よく応じる瞬間があった。

「ご婚約、おめでとうございます。お幸せそうで、何よりです」

「ありがとうございます」

なんと、デュワリエ公爵は胸に手を当てて、淡く微笑んでいるではないか。貴重な笑顔を、こんなところで見られるなんて。驚きである。

と、ここで狩猟大会の開始を知らせる鐘《かね》の音が鳴り響く。皆、散り散りとなって会場へ向かうようだ。

出発前に、一言物申しておく。

「デュワリエ公爵、熊や鹿みたいな大きな獲物に挑んではいけないですからね！　兎《うさぎ》か栗鼠《りす》、もしくは鳥にしてください」

「小動物だけでは、優勝できません」

「私の中では優勝です！」

「わかりました」

今まで聞いたことのない、心のこもっていない「わかりました」だった。絶対に、わかっていない。しかしまあ、デュワリエ公爵も二十二歳児だ。立派な大人である。自己責任で、ほどほどに頑張ってほしい。

参加者は馬に乗って現場まで向かうようだ。女性陣は、男性陣を見送ったあと狩猟館へ向かう。

「アナベル様、ご一緒しても？」

「わたくしも」

デュワリエ公爵の婚約者という肩書きは、人々を引き寄せる。そんなわけで、大勢の女性を引き連れながら、狩猟館へ赴くこととなった。

お茶会が開かれる会場は、舞踏会が行われるような大広間だった。テーブルがいくつもあり、立食式でお茶を飲むらしい。目的が社交であるため、たくさんの人とおしゃべりができるように、このような形になっているようだ。

よくよく見てみると、ひとつのテーブルに一種類のお菓子が置かれている。ということは、次から次へとテーブルを巡らないと、全種類制覇ができないわけだ。

なんということなのだろうか。これも、神が定めし試練なのだろう。

——参加したからには、やってやる！

私は珍しく、やる気に満ちあふれていた。

ひとまず、近くのテーブルに向かった。人だかりができてしまったが、会場を取りまとめるソワイエクール子爵夫人が他のテーブルへと誘ってくれる。

ひとつ目のテーブルには、薄紅色のギモーヴが積まれていた。手に取って、口に含む。フランボワーズの甘酸っぱさがじゅわーっと広がっていった。食感ももちもちしていて楽しい。これが、渋い紅茶と合うのだ。

「アナベル様、羨ましいですわ」

「へ？」

ギモーヴを食べることに夢中で、一瞬だけ気を抜いていた。ハッと我に返り、アナベルモードへと移行する。

なぜ、羨ましいのかわからなかった。こういうときは、聞かれたことをそのまま繰り返せばいいのだ。

「わたくしが、羨ましい？」

「ええ。デュワリエ公爵に愛されているようで」

優雅に飲んだ紅茶を、噴き出しそうになった。

「わたくしが、愛されていると？」

「ええ。さきほど、デュワリエ公爵がアナベル様との婚約話になったとたんに、嬉しそうに微笑まれて。心から愛されているんだな、と」

それは気のせいだと言いたかったが、本音をごくんと呑み込む。もしかしたら、デュワリエ公爵は笑顔で相手に圧を与える技術を取得していたのかもしれない。きっとそうだ。

これ以上、デュワリエ公爵のことについて聞かれたら心臓がもたない。

話題を別のものへと誘う。

「そういえば、皆様、ハンカチの刺繍は、どんなものを刺しましたの？」

共通の話題を、考えていたのだ。これで、この場は放置していても盛り上がるに違いない。その間に、私はギモーヴと紅茶を楽しむ。

「わたくしは、ダイヤモンドの首飾りを縫いましたわ」

「私は、金の薔薇を」

「わたしは、屋敷を縫いましたの」

皆、夫や婚約者の名前は刺さずに、さまざまなモチーフを縫っていたようだ。話を聞いただけでも、力作揃いである。

他に、噴水や金の器、ティーセットなど、刺繍をするには珍しいものばかり縫っているようだった。他人とネタが被りたくないからだろうか。

「アナベル様は、何を縫いましたの？」

投げかけられた質問が、胸に深く突き刺さる。

自分から始めた話題が、まさか自分に止《とど》めを刺すものとなろうとは。まったく予想していなかった。どうしてこうなったのか。問いかけても、誰も答えてはくれないだろうが。

「アナベル様のことですから、それはそれはすばらしい刺繍をされたのでしょう」

「葦毛《あしげ》の馬かしら？」

「それとも、金の銃？」

「伝説の美豚《びとん》かもしれませんわ」

いろいろ好き勝手に言って、私が言いにくい状況となってしまう。

「アナベル様、そろそろ教えてくださいませ」

「気になりますわ」

悪気なんていっさいない、キラキラとした視線が集まる。

「わ、わたくしが刺したのは――」

銀糸で縫っただけでも、努力は認められるものだろう。勇気を振り絞って、口にした。

「わたくしは、銀糸でデュワリエ公爵の名前だけ、刺しましたの」

「まあ！」

「なんてこと！」

「情熱的ですのね！」

「情熱的？」

「だって、デュワリエ公爵を象徴するような銀色で、お名前だけを刺したとか」

「聞いたことがありませんわ」

「欲がなくて、驚きました。さすが、アナベル様です」

「欲？」

いったいなんについて話をしているのか。会話が、イマイチかみ合っていない。

「わたくしなんて、優勝したら欲しい物を縫ってしまいましたわ」

「私も」

「わたしもです。お恥ずかしいですわ。欲しい物を、欲望のままに縫うなんて」

「欲しい物？」

「ええ。狩猟大会で優勝したら、ハンカチに刺したものがいただけますでしょう？　だから、張りきって欲しい物を刺しましたの」

そんなルールがあるなんて、知らなかった！　だから、デュワリエ公爵はハンカチを気にして、優勝するだなんて言っていたのだ。

もしや、私を喜ばせるために、やる気を見せていたのか。

ハッと我に返る。私は狩猟大会のルールなんて知らずに、デュワリエ公爵の名前だけを刺した。

他の人は、夫や婚約者の名前を刺していなかったという。

つまり、つまりだ。私はデュワリエ公爵が欲しいと、情熱的に主張したことになる。

カーッと、顔が熱くなっていった。

「アナベル様は、デュワリエ公爵を心から愛されているのですね」

「政略結婚なのに、羨ましい限りですわ」

「ロマンス小説のような愛を、目の当たりにした気がします」

「デュワリエ公爵が、愛されるわけですね」

「そ、それは――」

違うと否定したいが、そうすれば怪しまれる。涙を呑んで、微笑むだけにしておいた。上手く笑えているか、自信はなかったが。

ハンカチに刺繍するのが金の薔薇や屋敷だなんて、おかしいと思っていたのだ。

「婚約者のお名前を刺すなんて、思いつきもしませんでしたわ」

「ええ。きっとデュワリエ公爵も、嬉しかったはずです」

「そ、それはどうでしょう」

「またまた、アナベル様ったら！」

いたたまれない気分となり、私は逃げるようにテーブルを去った。だが、次なるテーブルでも、刺繍で何を縫ったか、というのは話題に出る。そのたびに、私は恥ずかしい思いとなった。お菓子の味も、よく覚えていない。

あっという間に夕方になる。男性陣を迎えるために、外に出た。

近くにいた女性に聞いたのだが、狩猟大会には二種目あるらしい。

一つは鳥撃ち《シューティング》──空に放たれた鳥を撃ち落とすもの。

一つは獣撃ち《ハンティング》──森に放たれた獲物を撃ち取るもの。

鳥撃ちと獣撃ち、両方の成績で優勝を決めるのだとか。

「帰ってきましたわ」

「うちの人は、どこかしら」

「なんだか、皆様落ち込んでいるように見えるけれど……」

お隣にいたご婦人が言っているように、皆しょんぼりと肩を落とした状態で戻ってきたのだ。森で、何かあったのだろうか。

侍従の手によって、鳥撃ちで撃ち落とした鳥が並べられる。血まみれのものもあって、ウッと喉からこみ上げてくるものを我慢した。他の人達は、平然と見ている。貴族にとって、これらは娯楽なのだろう。正直、趣味がいいとは言えないが……。

皆、平均して五羽前後というところだった。

その中で、二十羽も撃ち落とした猛者がいた。

「どなたかしら？」

「すばらしい腕前ですわ」

ザワザワとする中で、もっとも鳥を撃ち落とした猛者の名が告げられる。

「デュワリエ公爵、二十羽！」

驚いて声を上げそうになったが、扇を口元に当てて我慢する。とんでもない腕前を隠し持っていたようだ。

ちなみに、個人に用意されていた鳥の最大数が二十羽だったらしい。

続けて、獣撃ちで撃った獲物が並べられていく。

兎に猪《いのしし》、狐《きつね》など、さまざまな動物が運ばれた。これも、血まみれのものがあった。見ていられず、顔を逸らす。

突然、「おお！」と声が上がった。大きな牡鹿《おじか》が、運ばれてきたのだ。

「あれ、うちの主人が仕留めたみたい！」

少し離れた場所にいるご婦人が、嬉しそうに話していた。そんな中で、とんでもない獲物が広場に運びこまれた。

「え、あれ、何⁉」

四頭の馬が荷馬車に乗せて引いてきたのは、見上げるほどに巨大な鹿！

「あれは、ヘラジカだわ！」

「実在する生き物だったのね」

「まるで、森の主《ぬし》のようだわ」

森の主を撃ち取ったのは――デュワリエ公爵だった。

他の人は泥《どろ》だらけになっているのに対して、デュワリエ公爵は朝と変わらぬ姿でいる。とても、狩猟帰りには見えなかった。

デュワリエ公爵はめざとく私を発見し、ツカツカと急ぎ足でやってくる。

「アナベル嬢、今日は、頑張りました！」

投げたボールを拾ってきた犬のように、キラキラとした瞳で報告してくる。私は震える声で、「さすが、デュワリエ公爵ですわ」と返した。

きっと、白目を剥いていたに違いない。その、なんていうか、頑張りすぎだ。

夜には舞踏会が開催される。一曲目は、優勝者とその同伴者がダンスを踊るのだ。

そんなの聞いていなかった。

「アナベル嬢、あなたと、こうして踊りたかったのです」

「光栄……です」

ダンスだったら、家でもできるのに！　先ほどから膝の震えが収まらない。こんな大勢がいる中で、踊ったことなどないからだ。

「今日、嬉しかったんです」

「な、何が？」

「アナベル嬢が、ハンカチに私の名前だけを刺してくれて。しかも、銀糸で」

「は、はあ」

「まさか、このように熱烈に望んでくれるとは……！」

「ははは」

乾いた笑いしか出てこなかった。

そして、私達は皆の前でダンスを踊る。緊張のあまり、五回くらいデュワリエ公爵の足を踏んでしまった。

決して、わざとではない。本当だ。

そんな感じで、狩猟大会は終了となった。

アリアンローズ既刊好評発売中!!

最新刊行作品

まきこまれ料理番の異世界ごはん ①～②
著／朝霧あさき　イラスト／くにみつ

異世界温泉であったかどんぶりごはん ①～②
著／渡里あずま　イラスト／くろでこ

薬草茶を作ります～お腹がすいたらスープもどうぞ～ ①～②
著／遊森謡子　イラスト／漣ミサ

見習い錬金術師はパンを焼く ①～②
～のんびり採取と森の工房生活～
著／織部ソマリ　イラスト／hi8mugi

どうも、悪役にされた令嬢ですけれど ①
著／佐槻奏多　イラスト／八美☆わん

脇役令嬢に転生しましたがシナリオ通りにはいかせません！
著／柏てん　イラスト／朝日川日和

騎士団の金庫番 ①～②
～元経理OLの私、騎士団のお財布を握ることになりました～
著／飛野猶　イラスト／風ことら

ようこそ、癒しのモフカフェへ！ ①
～マスターは転生した召喚師～
著／紫水ゆきこ　イラスト／こよいみつき

身代わり伯爵令嬢だけれど、婚約者代理はご勘弁！ ①
著／江本マシメサ　イラスト／鈴ノ助

コミカライズ作品

悪役令嬢後宮物語 全8巻
著／涼風　イラスト／鈴ノ助

誰かこの状況を説明してください！ ①～⑨
著／徒然花　イラスト／萩原凛

魔導師は平凡を望む ①～㉖
著／広瀬煉　イラスト／⑪

観賞対象から告白されました。全3巻
著／沙川蜃　イラスト／芦澤キョウカ

ヤンデレ系乙女ゲーの世界に転生してしまったようです 全4巻
著／花木もみじ　イラスト／シキユリ

転生王女は今日も旗を叩き折る ①～⑥
著／ビス　イラスト／雪子

お前みたいなヒロインがいてたまるか！ 全4巻
著／白猫　イラスト／gamu

ドロップ!! ～香りの令嬢物語～ 全6巻
著／紫水ゆきこ　イラスト／村上ゆいち

復讐を誓った白猫は竜王の膝の上で惰眠をむさぼる 全5巻
著／クレハ　イラスト／ヤミーゴ

隅でいいです。構わないでくださいよ。全4巻
著／まこ　イラスト／蔦森えん

悪役令嬢の取り巻きやめようと思います 全4巻
著／星窓ぽんきち　イラスト／加藤絵理子

乙女ゲーム六周目、オートモードが切れました。全3巻
著／空谷玲奈　イラスト／双葉はづき

起きたら20年後なんですけど！ 全2巻
～悪役令嬢のその後のその後～
著／遠野九重　イラスト／珠梨やすゆき

平和的ダンジョン生活。全3巻
著／広瀬煉　イラスト／⑪

転生しまして、現在は侍女でございます。①～⑥
著／玉響なつめ　イラスト／仁藤あかね

自称平凡な魔法使いのおしごと事情 シリーズ
著／橘千秋　イラスト／えいひ

聖女になるので二度目の人生は勝手にさせてもらいます 全3巻
著／新山サホ　イラスト／羽公

魔法世界の受付嬢になりたいです 全3巻
著／まこ　イラスト／まろ

異世界でのんびり癒し手はじめます 全4巻
～毒にも薬にもならないから転生したお話～
著／カヤ　イラスト／麻先みち

冒険者の服、作ります！ ①～③
～異世界ではじめるデザイナー生活～
著／甘沢林檎　イラスト／ゆき哉

妖精印の薬屋さん ①～②
著／藤野　イラスト／ヤミーゴ

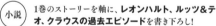

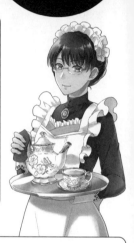

身代わり伯爵令嬢だけれど、婚約者代理はご勘弁！　1

＊本作は「小説家になろう」（https://syosetu.com/）に掲載されていた作品を、大幅に加筆修正したものとなります。
＊この作品はフィクションです。実在の人物・団体・事件・地名・名称等とは一切関係ありません。

2020年11月20日　第一刷発行

著者 …………………………………… 江本マシメサ
©EMOTO MASHIMESA/Frontier Works Inc.
イラスト …………………………………………………… 鈴ノ助
発行者 ………………………………………………………… 辻 政英
発行所 ……………………………… 株式会社フロンティアワークス
〒170-0013　東京都豊島区東池袋 3-22-17
東池袋セントラルプレイス 5F
営業　TEL 03-5957-1030　FAX 03-5957-1533
アリアンローズ公式サイト　http://arianrose.jp
フォーマットデザイン ……………………………… ウエダデザイン室
装丁デザイン ………………………………………… 株式会社 TRAP
印刷所 ……………………………………… シナノ書籍印刷株式会社